カンピオーネ! 3

Campione! Lord of Realms ・・・・・・・presented by Joe Takeduki.

ロード・オブ・レルムズ

JoeTakeduki
丈月城 Ill.BUNBUN

「カンピオーネ!」より
草薙護堂、アレクサンドル・ガスコイン、アイーシャ夫人、ウルスラグナ
サルバトーレ・ドニ、エリカ・ブランデッリ、清秋院恵那
キャラクター原案:シコルスキー

運命の邂逅――。

草薙(くさなぎ)護堂(ごどう)、自らの双子の子供に出逢う。

レオナルド・ブランデッリ

護堂とエリカの息子。モニカは双子の妹。
草薙護堂とは幼き頃に生き別れる。
それぞれ母親の異なる5人の子供がいる。
元《結社カンピオーネス》の総帥。

「切っても切れない腐敗気味の
縁で結ばれた者――
どこぞの女に気をつけるべきかと」
モニカ・ブランデッリ
護堂とエリカの娘。レオナルドは双子の兄。
草薙護堂とは幼き頃に生き別れる。
予知能力があり英雄界では占い師をしていた。
《結社カンピオーネス》の総帥でもある。

軍神VS.勇者――!!
英雄界にウルスラグナ降臨!!

雪希乃(ゆきの)は心から戦慄し、しかし同時に、興奮もしていた。

「これで燃えなきゃ、女がすたるってもんだわ！」

もう――ちまちま一本ずつ矢を落としていられない。

「いやあああああああっ！」

裂帛の気合いを放ち、上段火の構えに神刀を構える。

雪希乃は全身から無数の電光を放出しつつ、
矢を向ける少年神めがけて、まっすぐに突っ込んでいった。

ウルスラグナ

かつて草薙護堂と幾度も対決をした神。

「軍神」と称され、その能力は計り知れない。

ウルスラグナと草薙護堂は同じ権能を持つ。

己の全てを叩きつける。
六波羅蓮（ろくはられん）、生き残りを
懸けた黒王子との最終決戦！
「正義の裁き、
かくあれかし――！」

「時よ、もどれ！
美しき過去を取りもどせ！」

同時だった。
蓮の突き出した二指から黒い電光が
ほとばしるのと、アレクが叫ぶのは――。

目次 CONTENTS

Campione! Lord of Realms 03

序章 —— prologue —— 012

第一章 草薙護堂とその一党、悠久の時を超え、再会を果たす —— 015

幕間1 —— interlude 1 —— 049

第二章 永遠の美少女、反運命の使命にめざめる —— 053

幕間2 —— interlude 2 —— 088

第三章 運命の御子、黒王子の影を追う —— 091

幕間3 —— interlude 3 —— 138

第四章 享楽の申し子は奈落をさまよい、運命の御子に覚醒の時きたる —— 141

幕間4 —— interlude 4 —— 197

第五章 神と運命の御子と神殺し、もつれた戦いに決着をつける —— 201

終章 —— epilogue —— 251

ダッシュエックス文庫

カンピオーネ!　ロード・オブ・レルムズ3

文月 城

天空の柱
一の島
不死鳥の地上絵
なれ果ての砂漠
聖王宮殿
三の島
影追いの森
地下都市
竜の都
二の島
円卓の都
沿海州
火の国
屍者の都
大地の母の森
享楽の都
狼王の空洞
永遠の氷原
速風山

～英雄界ヒューペルボレア地図～

～The Heroic World Hyperborea～

序章 ——prologue——

◆名を捨てし歴史の管理者、多元宇宙の特異点にて記す

かくして、英雄界ヒューペルボレアはほかに類を見ない神話世界となった。

その稀少さがすくなくない地球出身者(アーシアン)を呼び込む要因となり、英雄界のありさまはますます混沌(こんとん)としていく。

地球出身者のなかには、かの地にて奇縁の導きを得る者も多かった。

が、草薙護堂(くさなぎごどう)とエリカ・ブランデッリほどに『僥倖(ぎょうこう)の出会い』を経験し、驚倒した者は稀(まれ)であろう……。

◆西暦一八八〇年代前半、奇跡の双子は旅立つ

「ほう。今夜、旅立つのか」

「……はい、《女王》。そのために準備を重ねて参りましたので」

威厳ある美女に、彼はうやうやしく答えた。

貴婦人に仕えるナイトのような物腰と言葉使いだが、実のところ、当の美女の方が『騎士』であった。

鎖かたびらに籠手、脛当てで武装し、腰には長剣を佩いている。

白い兜と同色のマントも加わって、完全武装であった。ただし、女騎士の全身はうすく透けてもいた。

実体ならざるもの、霊体として顕現しているためだ。

結社のメンバーからは《白き女王》と呼ばれ、長く崇められている。

初代総帥の影武者として組織をまとめたあとは二代目総帥となり、彼の妹——今もそばに控える双子の妹に三代目の地位を譲った。

結社中でも知る者はすくないが、その本性は〝女神〟であるという……。

しかし、《結社カンピオーネス》の総帥位を継ぐべく養育された『双子』にとっては敬愛する保護者であり、父母の代わりであった。

女騎士《白き女王》へ、妹がぼそぼそと言う。

「世界の垣根を超え、時空の果てをめざす旅——まずは母上の書き遺した『特異点』とやらを探してみたいと思う……」

で接していた。

「それもいいだろう」

愛し子として慈しんできた双子も、もう二〇代なかばである。

人としても魔術師としても十分に成長を遂げた兄妹へ、《白き女王》はまさに王者の鷹揚さで接していた。

「まあ、ただ、おまえたちの父も母も只者ではない」

「ははははは。女王ほどの御方にそう言われる両親……どれほど型破りなのか、本当にこの目でたしかめてみたいところです」

のんきにつぶやく兄。女王は微苦笑する。

「ならば、とにかく危険そうなところ、おかしな輩がたむろしているところ、神々の猛威がどこよりもすさまじいところなどを訪ね歩くのも手だぞ」

「…………どうして？」

短く妹が問う。すると女王は即答した。

「そういう土地にほど、神殺しという連中は惹きつけられるからだ。特におまえたちの父はあの種族のなかでも——運命の神をも殺めるほどに破格の存在であった」

神殺しの獣とその伴侶を父母に持つ双子。

その父について語るとき、《白き女王》は常にどこか誇らしげであった。

第一章 草薙護堂とその一党、悠久の時を超え、再会を果たす

1

英雄界ヒューペルボレア！

うわさの神話世界に、ついに彼女たちも乗りこんでいた。

深い紺碧の海がどこまでも広がり、そこに数多の島々が散るという世界にふさわしく、現在位置はとある港の一隅である。

目の前の海に乗り出せば、すぐさま冒険の旅となるだろう。

「……だってのに、肝心の王様がどっか行ってるなんて」

まさに昨日、現地入りしたばかりの人物が言う。

主であり思い人でもある男を『王様』と称号で呼ぶものの、その口ぶりはきわめて軽い。敬意よりも気安さゆえのあだ名なのだ。

話し相手である美女は、気品ある微笑を唇に浮かべた。

「仕方ないわ。わたしたちの愛する人は控えめに言っても『根無し草』なわけだし」

赤みがかった金髪が王冠のようにも見える。

美女——エリカ・ブランデッリの持つ覇気と高貴さのためだった。

エリカがヒューペルボレアに来て、早くも二カ月が経とうとしていた。その間、愛人である草薙護堂と共にいたのは半月程度だろう。

肩をすくめて、エリカはぼやいた。

「おまけに、何かというとすぐに人を当てにして！　この間も『ヒューペルボレアを旅する人間の助けになるような組合とか作りたいよな……』とか言いながら、組織のグランドデザインはわたしに丸投げ。当の本人はふらふら各地を旅しているの！」

「ま、王様に丸投げされた面倒事を——」

盟友の言い草に——清秋院恵那が苦笑した。

「『ちゃちゃっ！』と処理するエリカさんも相当だけどね。もう人集めもはじめて、本部とかも作っちゃったんでしょ？」

「本部なんてものじゃないわ。ただの仮住まいよ」

肩をすくめて、エリカは言った。

「いずれ時が来れば、ふさわしい場所に本部でもお城でも作ればいいだけですもの。今はとにかく同志を増やしていく段階。土地・物・ハコよりも人、そして何より資金をどんどん集めていかないといけないわね」

「んじゃ、組織の名前とかもまだ決まってない？」

「そこは無駄にひねっても仕方のないものだし、さっさと決めたわ。『探索者のギルド』というの」

「あはは。シンプル・イズ・ベストってやつだ」

笑う恵那は、いつもどおり動きやすそうな装いだった。

黒いマウンテンパーカを着ている。男物なので、体格に比べて明らかに大きい。実は草薙護堂から『あ、いいなこれ！』と強引に譲り受けたおさがりだ。

上着の下は白いトレーナー。灰色のレギンスパンツがボトムスである。

そして、細長い布製の袋を右肩から下げている――。

清秋院恵那をよく知る者なら、袋の中身が『鞘入りの日本刀』だと承知している。彼女の二つ名『太刀の媛巫女』のゆえんであった。

ちなみにエリカはといえば、恵那よりもだいぶ優美な服装だった。

腰丈の黒いニットワンピースに、お尻まで隠れる丈の紅いカーディガン。白のレギンスに黒革のブーツ。

動きやすさだけでなく、品位ある優雅さも明らかに意識していた。

ふたりがこんな格好で話していると、通りがかる人々、港ではたらく人々の注目を自然と集めてしまう。

一目で地球出身者（アーシアン）とわかる、奇抜な装（よそお）いだからだった。

ヒューペルボレアの文化様式とはあまりにちがいすぎる衣服。近年、ここ英雄界には続々と地球出身者が到来しているらしい。

「とにかくさ。せっかく来たことだし、早く王様と合流したいな」

「そうね。わたしもそろそろ護堂と相談したい案件がいくつか出てきていたから、ちょうどいいわ。魔術で彼の行方（ゆくえ）を追ってみましょう――」

「……あの。もし」

話しこむふたりに、声をかける者がいた。

唐突ではあったが『よくある』ことでもあった。地球出身者は目立つ。ヒューペルボレア人の好奇心をおのずと刺激してしまう。

見れば、背の高い青年がすぐそばに来て、微笑んでいた。

燃えるような赤毛である。しかも、ずいぶんと秀麗な顔立ち。独特の雰囲気もある。軽やかでいつでも機嫌よさそうな――いかにも好人物に見えるという。

品よく微笑しているだけなのに、なんとも人なつっこい印象であった。

灰色のローブを着て、木の杖（つえ）を持つ。ファンタジー映画に登場する『魔法使い』を連想させる格好だった。

「わたしたちに、どんな御用なのかしら？」

エリカに問われて、赤毛の青年はさらりと言った。

「よろしければ、すこしお話をと思いまして。いかがでしょうか、ご婦人方？」

言葉だけなら街中の俗な『ナンパ』行為と同じなのだが、彼が口にすると、貴婦人にかしずく騎士(ナイト)のように雅(みやび)である。

「申し訳ありません。実は――あなた方と私の間に、只(ただ)ならぬ絆(きずな)があるようになんとなく感じてしまったのです」

青年の言い草に、女ふたりは目配せを一瞬交わした。

（言ってる内容、すんごくナンパっぽいよね……）

（ええ。『ちょっとそこのかわいい君、オレとお茶しない!?　オレたち、前世できっとつきあってたと思うんだよね！』……。地球中の軽薄な男子が使う口説き文句と、ほとんど変わらないと言えるでしょうね）

（その割にチャラく見えないよね。変なやつ）

女同士、一瞬のアイコンタクト。

しかし十年以上のつきあいは長く濃密。たがいに思ったことを伝達し合い、エリカと恵那はあらためて赤毛の青年を見やった。

「ええと。絆って、具体的にはどういう？」

今度は恵那が訊いた。青年は間髪をいれずに答える。

「共にいれば、相互に助け合える——のみならず、遥かな時と空間を超えて、今こそ古き情愛の絆を取りもどせる、というような……。漠然としていることをお許しください。とにかくそのように、なんとなくですが感じてしまったもので」

「…………」

「…………」

エリカも恵那も沈黙した。

ふつうなら、真面目に受け取る話ではない。だが、何度も出てきた『なんとなく感じた』発言。彼女たちにはある意味、おなじみだった。

清秋院恵那は、同じ口癖を持つ巫女の幼なじみ。

盟友であるたおやかな媛巫女・万里谷祐理の最も得意とする霊能は——

「もしかしてお兄さん、霊視の力があったりする？」

「ささやかではありますが」

ずばりと訊いたら、青年は涼しい微笑と共に肯定した。

あからさまに謙遜している口ぶりだ。ならばと、エリカは声をかけた。

「相互に助け合えるというのは、どういう意味だと思うのかしら？」

「おそらくは——近い未来に迫った危機……この多元宇宙の全てが崩壊しかねない大難の渦中でのことでしょう。実は常々、感じていたのです。まもなく恐るべき《魔女》が——『この世の本当の最後』をひきおこすと」

「この世の本当の最後、ですって⁉」

「はい。通常、『この世の最後』とはひとつのユニバースが崩壊する危機。しかし『この世の本当の最後』においては、幾千もの宇宙を内包する多元宇宙の全てが崩壊しかねない規模の大惨事に——」

「ちょっとちょっと！」

エリカが愕然とし、恵那は思わず口を挟んだ。

とんでもないセリフを羅列する青年へ、鋭く問いかける。

「ユニバースとかマルチバースとか、そんな言葉が出るって……お兄さんも地球出身者で、しかも次元移動者なの⁉」

「ああ。そのような呼び方もあるようですね」

あっさりと認めて、赤毛の青年は邪気のない笑みを浮かべた。

「レオナルド・ブランデッリと申します。以後よしなに」

今度こそ、エリカと恵那は呆然とした。

ブランデッリ——。エリカと同じ家名を持つ男子レオナルド。

彼女たちにとっては忘れることなどできない、『双子の兄』を想起させる姓名であった。

2

「こりゃあ、ひどいもんだ……」

草薙護堂は呆然とつぶやいた。

海辺の崖、その端っこに立ち、すこし遠方を眺めている。

そこは岩場であったはずだ。海のそばにある、ゴツゴツした岩だらけの一帯。しかし、今は『溶岩の沼』であった。

どろどろに融解し、ぐつぐつと煮える溶岩のるつぼなのである。

もともとあった大量の岩、そこを通過していった何者かが灼熱の神力によって溶かし、このように変貌させた……。

次いで護堂は、もっと遠くを眺めてみた。

ヒューペルボレアの海。深い青色が果てなく広がる洋上を、紅い染みがまっすぐに、かなりの速さで突き進んでいく。

超高熱によって海水を蒸発させ、もうもうと水蒸気を立ちこめさせながら。

自らの意思で移動していく溶岩流だと、護堂は見抜いた。

より正確には、溶岩じみた姿をした『神』――しかも怒れる軍神。もしかしたら、復讐に燃えているのかもしれない。

草薙護堂と六波羅蓮、ふたりの神殺しに対して。

なにしろ〝彼〟をあんな姿に変えたのは、自分たちなのだから――。

「まさかヴァハグンのやつがああなるなんてなあ……」

護堂はふたたび、呆然とつぶやいた。

英雄界ヒューペルボレアに来たばかりの頃、〝同族〟の若者と一時休戦し、共闘する形で軍神ヴァハグンと対決した。

あのとき、自分たちは太陽の焔でヴァハグンをどろどろに溶かしたのだ。

しかし、鋼の軍神と分類される神々のほとんどが不死の神性を持つ。ヴァハグンもこの系統であった。

鋼――金属・鉱物に熱を加えれば融解し、液状になる。

ヴァハグンもそうなった。だが溶岩流のような形状のまま海に逃れ、護堂たちの前から退却していったのである……。

「やれやれだ」

護堂はぼやいた。

「溶岩みたいなバケモノが海辺のあちこちに出没して、あらゆるものを全部呑みこみ、灼き尽くしていく――。旅の途中で話を聞いて、チェックしに来たら案の定か」

　固体としての血肉がない分、むしろ前よりも厄介な敵ではないか？

　打撃にせよ斬撃にせよ、物理的な攻撃が効くとは思えない。相手が溶岩流もどきでは、切り札の『猪』をけしかけても意味はないだろう。

　護堂が舌打ちしたくなったとき。

「おお！　我が心の友よ、君とこんなところで会えるなんて!?」

「おまえか」

　聞き覚えのある、できれば耳にしたくない声だった。

　振りかえれば〝同族〟サルバトーレ・ドニがそこにいた。へらへらした金髪の優男はカーキ色のミリタリーコートにジーンズ、バックパックと完璧な旅支度である。

「さてはヴァハグン……怪物のうわさを聞いてきたな？」

「当たり。へえ、さっきのどろどろ、そんな名前の神様なんだ」

　神と接近すれば、神殺しは『敵』の存在を知覚できる。

　戦うための力が心身にみなぎるからだ。だが、海の彼方へ移動していった溶岩流と、この崖の上は遠すぎた。

　にもかかわらず、一瞥して相手が神だと見抜いたドニ。

　言いたくはないがさすがの百戦錬磨。この男と草薙護堂が対決した回数も、もう片手の指で

は数え切れない。

が、このヒューペルボレアの大地では初遭遇であった。

「じゃあ護堂」

ドニはにこやかに提案した。

「いっしょにあいつを追いかけてさ。どっちが先に倒せるか、競争しよう！」

「うるさい。追いかけるのはひとりでやるよ」

にべもなく護堂は拒否した。

ヴァハグンが暴れまわるようになった原因、自分と六波羅蓮にあるのなら。追跡して、けじめをつけるのは当然だった。

しかし、サルバトーレ・ドニといっしょになどできるわけがない！

「ま、それでもいいよ。いやあ、来て早々に面白そうな軍神と戦えるだなんて、いいところだなヒューペルボレア！」

「そう思うのはおまえくらいだろうよ……あ、いや。そんなことないか」

言いかけて、護堂は思いなおした。

大敵との戦闘そのものに愉悦、生き甲斐を見出す。神殺し、カンピオーネにはすくなくない性癖であった。

ともあれ、旧知の男と別れ、護堂は追跡行をはじめた。

海辺の村や町を訪れ、海より来る溶岩流のバケモノについて聞き込み調査。そうやって、たくさんの人と話をするうちに、あるうわさを聞いた。

とてもよく当たる占い師の女がいる――。

「へえ」

思えば、高校生の頃から予知・千里眼と類似の力に助けられてきた。

恋女房と言うべき女性たちのひとり、万里谷祐理は霊視の力に誰よりも長け、草薙護堂の往くべき道を何度となく見とおしてくれたのだ。

しかし彼女は諸事情あって、しばらくこちらに来られそうにない。

ならばと、護堂はうわさの人物を捜してみた。

……その女占い師は、とある漁師町の街角で辻占いをしていた。

赤銅色の髪の毛を長くのばしている。二〇代とおぼしき若さながら、瞳はけだるげで、なんとも言えない蠱惑的な色香をただよわせていた。

紅いローブに身をつつみ、たしかに占い名人の貫禄があった。

「いいかい？　捜してるやつがいるから、ひとつ占ってほしいんだ」

「……忠告しよう」

話しかけた護堂に、女占い師は開口一番に告げた。

「あなたには狩りよりも先に、為すべきこと、捜すべき者がいる——ように感じる。焰の運び手はあとまわしにしてはいかがか」

「!?」

護堂は絶句した。

焰の運び手。溶岩流もどきと化したヴァハグンのことか。たしかに、今の形状にはその呼び名がふさわしい。

この先生、こりゃあ〝本物〟かもしれない。

期待感ですこし興奮しながら、護堂はさらに訊ねてみた。

「じゃあ、俺は何をしたらいいと思うんだい？」

「切っても切れない腐敗気味の縁で結ばれた者——どこぞの女に気をつけるべきかと。あなたと会った瞬間、その女のおちゃらけた顔がちらりと見えた。まったくの善意から、無数の災厄がひきおこされるという前代未聞の兆しまでも……」

腐れ縁の女。おちゃらけている。善意から災厄をひきおこす。

パワーワードの連続。護堂はめまいに似た感覚を味わった。それではまるで、神殺しの同族でもある彼女ではないか。封印されているはずの！

いずれにせよ、早急に調査すべきかもしれない——。

「ありがとう。参考になった。よかったら先生の名前を教えてくれ。今後も何かあったら相談に来たい」

「わたしは……ずっとこの町にいるつもりはないのだが」

「それなら捜しに行くから、やっぱり名前を聞いとく必要あるな」

「ふむ。承知した。……モニカ・ブランデッリという」

「――なんだって？」

護堂は己の聴覚を疑った。

かつて泣く泣く別れを告げた相手。時空の狭間を超える以外に再会する術はない。『最後の王』ミスラおよび軍神ウルスラグナとの決戦の折に生きわかれた。

血を分けた我が子、双子の息子と娘。

そのひとりと同姓同名だという女占い師を、護堂はまじまじと凝視した。

3

「ところで……先生はいつまでここにいるんだ？」

赤毛の女占い師とひととおり話したあと、護堂は不意に質問してみた。

もうすこし彼女の事情を探らねば。ストーカーになるつもりはなかったが、これっきりであっさり別れるわけにはいかない。その想いがあった。

　モニカはさらりと答えた。

「実は待ち合わせをしている。相手が来るまではここにいるつもりだ」

「へえ。この町でか」

「探索者はあなただけではないのだ、地球出身者（アーシアン）よ。わたしたちもまた、大いなる世界の秘奥（ひおう）に分け入る覚悟と志（こころざし）を持つ者である……」

　護堂はマウンテンパーカなどを着込んでいる。

　衣服を見れば、地球出身者であると一目瞭然（いちもくりょうぜん）だろう。対してモニカは『魔法使い』然とした紅（あか）いローブ。ヒューペルボレア人の衣類と大差ない。

　しかし、護堂は期待を込めて言った。

「そういう先生も、地球の出身なんだろう？」

「おや。それがわかるとは、たいした慧眼（けいがん）だ」

　瞠目（どうもく）したモニカへ、護堂はさらにつっこもうとした。

　その寸前、うしろから声をかけてくる者が現れた。若い男の声だった。

「遅れてすまないね、モニカ。でも、よい方々と出会えたよ」

「……兄者（あにじゃ）」

　草薙（くさなぎ）護堂の背後を見つめて、女占い師モニカがつぶやく。

　すぐに振りかえって、護堂は啞然とした。背の高い、赤毛の青年がいる。彼といっしょにいる女性ふたり、どちらも己の身内だった。

「ごきげんよう、護堂。思いがけないところで再会できたわね」

「まさか王様もいるなんてね。こりゃあ、いよいよ何かの縁のお導きかなあ」

エリカはあきれたようにあいさつし、恵那は天を仰いで感嘆していた。

そして——モニカ・ブランデッリの『兄』はにっこりと護堂に笑いかけ、この上なく愛想のよい柔和さで、

「やあ。またしても只ならぬ絆を感じさせてくれる方と出会えた」

と、妙なことを言い出した。

「絆だって？」

「はい。レオナルド・ブランデッリと申します。以後よしなに」

「…………」

護堂は沈黙した。

考えてみれば、種は遥か昔にまかれているのだ。

出産準備中、エリカが魔導書を執筆した。そこには神々と神殺しについての秘事、さらには時間と世界の境界を超える秘法などが記されている。

その書と双子を託した相手は、軍神ランスロット——。

おそらく、あの勇ましい騎馬の女王は注意深く、それでいて過保護にもならず、よい案配で

子供たちを見守ってくれたことだろう……。

いつのまにか、レオナルドがモニカの横に来ていた。

兄妹はどちらも二〇代半ばほど。よく似た顔立ちの美男美女だ。

ついに護堂は意を決して、ずばりと言った。

「あんたたちのこと、今度は俺が当ててやろう。ふたりともバレンシアの出身だな。そこで魔法使いの集団《結社カンピオーネス》に所属していた。そこの創始者で初代総帥があんたたちの父親……そうだろう?」

「ほう。今度はたいした千里眼だ!」

「そこまでご承知のお手前は――いかなる御方なのでしょう?」

モニカが賛嘆し、レオナルドは悠然と微笑む。

もうまちがいない。護堂はちらりとエリカ、そして恵那に視線を投げた。彼女たちも確信に満ちた顔つきだった。

「草薙護堂だ。チェーザレ・ブランデッリと名乗っていた時期もある」

「ああ、やはり。そうではないかと予感していました、父上」

「父上……?　そうだったのか、なるほど」

護堂が口に出したのは、劇的であるはずの名乗りだった。

しかし、レオナルドは拍子抜けするほどにあっさり受け入れ、モニカは自然体かつ淡々と納得していた。

　数年ぶりに再会がかなった『我が子』たち、ずいぶんと個性的に育っていた。

　歓喜の再会というには、あまりに軽妙すぎる邂逅のあと。

　双子をふくめた護堂一行は適当な酒場にもぐりこみ、テーブルと酒杯を囲んで、おたがいの状況を伝え合うことにした。

「じゃあ、モニカが《結社カンピオーネス》の総師になったんだ？」

　恵那に確認されて、モニカはうなずいた。

「そのとおりだ、叔母上」

「お、おば――いやまあ、似たようなものだから、べつにいいのか」

　叔母と呼ばれて違和感を覚えたらしい恵那、すこし考えてから納得した。

　何を措いても、やはり双子がどのように生きてきたかを知りたい。前のめりになる両親と叔母上に、双子はすらすらと語った。

「わたしと兄者、魔術師としての力量は同程度なのだが」

「私たち兄妹の義母である《白き女王》より総師の座を継ぐとなった一六歳のとき、私に子供が生まれまして」

「じ、一六歳で子供だって!?」

　レオナルドの報告に、護堂は仰天した。モニカが補足する。

「そういえば女王が言っていたな。父上も女性が好きな殿方だったが、兄者はその血がことのほか濃いようだと……」

「いや、全ては愛ゆえです」

　品よくレオナルドは微笑して、ぬけぬけと言った。

「とにかく育児と教育もありますからね。何かと煩雑な総帥の座はモニカにまかせ、私は内向きのことに専念させてもらいました」

　自分たちにもう孫がいる。さすがのエリカも愕然としていた。

「わたしたち、いつのまにかおじいちゃんとおばあちゃんになっていたのね……」

「まあ、あのユニバース――『最後の王ミスラの世界』の二一世紀までブランデッリ家は残ってるんだから、当然って言やあ当然なんだけどな……」

　うなる護堂へ、レオナルドはさらに語る。

「子供たちもさほど手のかからない歳になったこともあり、後事を《白き女王》に託して、私たち兄妹はかねてよりの計画を実行に移したのです」

「ああ。母上の遺した魔導書に学んだ叡智を活かし、時空を超える旅に――」

「チャレンジしたのかあ！　さすが王様とエリカさんの子供たち、すっかり頼もしくなっちゃって！　おばさんうれしいよ！」

早くも『叔母』の境遇を受け入れて、恵那はよろこぶ。

そして——護堂はしっかりと双子たちの目をのぞき込み、問いかけた。

「で？　おまえたち、今後はどうする？」

「どうとは、父上？」

「ものすごい偶然の積み重ねでせっかく会えたわけだし、たがいに連絡を取り合えるようにはしておきたいけどな。でも、そっちにはそっちの目的があるわけだろう？　すこしはいっしょにいるにせよ、適当なところで解散した方がいいんじゃないのか？」

きょとんとするモニカへ、護堂は告げた。

同族同士で決して群れることのない神殺しのひとりであり、自由すぎる家庭環境で育った草薙護堂。子供は親の言うことを聞くべし、親元にいるべしなどという信条はない。何より双子はとっくに成人し、お守り(も)の必要な歳ではなかった。

親子鷹(だか)などという生き方に、護堂はまったく共感を覚えない男なのだ。

しかし、レオナルドはすこし考えこんでから、

「い——え。私たち親子、むしろ行動を共にすべきかと」

「それも霊視か、レオ？」

はじめて護堂は息子を愛称で呼んだ。レオナルドはうなずいた。

「母上にもすでに申しましたが、私たち兄妹は『この世の本当の最後』が到来することを感じ

ております。これは絶対に阻止せねばならないとも。おそらく、父上も同じ意見になるのではありますまいか」

多元宇宙(マルチバース)の全てが崩壊する危機(クライシス)――。

そう聞かされて、護堂はうなった。ちらりとモニカを見る。

「さっきのおまえのお告げ。腐れ縁の女を捜せってやつ。もしかして、そうする方が『この世の本当の最後』を解決できそうなのか？」

「おそらくは」

短い返事での肯定(こうてい)。兄に比べて、モニカは口数がすくなかった。

そんな双子を眺めて、エリカがしみじみと言う。

「わたしと護堂の子供たちなのに、ずいぶんと千里眼ね！　両親どちらの血筋にも、その手の素養はないはずだから、不思議なものだわ！」

「いやあ、エリカさん」

恵那がウインクして口を挟んだ。

「ふたりとも赤ん坊の頃からバレンシアの聖杯だの、ランスロットの女神さまだのに揉(も)まれて育ったんだよ。聖なる霊気を浴びつづけることで、自然とそういう霊能が開花していったんだと思う。英才教育の賜物(たまもの)ってことだよお」

「一歩まちがえば、霊気に毒されて成長に害とかありそうにも思えるわね」

「あははは」

冷静なエリカのつぶやきに、恵那は笑ってコメントしなかった。

ともあれ、双子は危うく不安定な環境にもかかわらず、強靭に成長を遂げていったにちがいなかった。

我が子たちより啓示を受けて、護堂は決心した。

「仕方ない。ヴァハグンのことはドニの野郎にまかせて――捜すか、アイーシャさん！」

「なら、兄者とわたしにまかせて」

「神殺し……カンピオーネの方々ほど強烈な『個』を持つ存在であれば、移動するだけでも多くの痕跡を残していくもの。われら兄妹の術と霊視で、それを追いかけてみることにいたしましょう」

モニカとレオナルドは口々に言った。

それから半月後――双子の指図どおりに旅をしていた護堂の一行は、ついに出会うべくして彼女と再会を遂げるのである。


いまだ文明の素朴なヒューペルボレア。

集団定住の習慣を持たない人々もまだまだ多い。しかし、そこはヒューペルボレア規準ではほどほどに大きな街だった。

その中心の広場で、にぎやかな集会が行われていた。

壇上に立つのは——褐色の肌の美少女。

ヴェールもかぶり、巡礼する尼僧のような衣服をまとっているのに、壇上でのびやかな歌声を披露している。

「あ～～わたしとの約束、忘れないで～～～～♪」

ほどほどには上手いが、まあ、素人の歌声である。

カラオケの個室なら十分な力量だろう。だが人前、それも数百名の群衆が集まる場でソロ歌唱するに足るほどではない。

しかし、集まった街の民は熱狂し、歓喜していた。

手を叩き、足を踏みならして、興奮を体で表現する。のみならず歌詞の『一番』が終わって間奏になれば、

——うおおおおおおおおおぉぉぉぉぉぉぉぉぉぉっ!!


賞賛の雄叫びを口々にあげて、歌手の少女を讃えている。

また、伴奏のクオリティが異様に高い。

壇のすぐ下に陣取って、それぞれの楽器をかき鳴らし、打ち鳴らしている。その演奏がどれ

もおそろしいほどに巧みなのだ。また種類が多かった。

地球のギターによく似た弦楽器。アコースティックベースとおぼしき弦楽器。

さらには太鼓というより、明らかにドラムであろう打楽器もある。

正直、少女の歌よりも演奏の方がレベルは高い。

しかし、群衆を熱狂させているものは、あからさまに少女の方だ。

「うーん……。もうアイドルのコンサートだな。さすがアイーシャさん」

「魅了の権能を持つ方だもの。これくらい、朝飯前ってところなのでしょうね」

護堂がつぶやくと、エリカも同意する。

広場から離れた路上に立ち、独唱会を見守っていたのだ。

「むしろ気になるのは、楽曲の方かしら？　ものすごくアップテンポだし、ヒューペルボレア本来の音楽ではないと断言してもいいでしょうね……」

「楽器ともども、地球の文化をヒューペルボレア人に伝えたんだろうなあ……」

実は英雄界の各地で、似たような事態が進行中だった。

地球出身者がここにあるはずのない知識や概念を伝えて、素朴なはずのヒューペルボレア文明に一大イノベーションをひきおこすのである。

護堂は思い出した。

「そういやアイーシャさん、秋葉原でカラオケ通ってたとか前に言ってたぞ」

「護堂。どうやらコンサートは終了みたいよ」

エリカが指摘した。

何度もアンコールに応え、壇上で歌いつづけていたアイーシャ夫人。ついに疲労の限界が来たらしく、にこにこと手を振りながら壇から降りた。

群衆の大歓声に見送られながら、のんきに広場を離れていく。

護堂とエリカもすかさず動き出した……。

――それから数時間後。ふたりはアイーシャ夫人の仮住まいとおぼしき小屋を訪ねて、神殺しの貴婦人をびっくりさせた。

「まあまあ草薙さん!? エリカさんまで！ こんなところで再会できるなんて、夢にも思いませんでした！」

「俺は……こんなこともあるかも程度には覚悟してたよ」

なんとも残念な気分ゆえに、この言葉を選択した。

その心情がいつでもマイペースな善意の人に通じるはずもなく、アイーシャ夫人はにこにこ能天気に笑う。

「わたくし、いろいろあって旅を再開して、ここに流れついたんです。この街の方たち、娯楽にとても飢えていたから、音楽なんてどうかしらとカラオケのことを教えたら――」

「むしろ夫人に歌っていただきたい、という流れになったんですね？」

ずばり、エリカが決めつけた。

アイーシャ夫人は「はい」と両手を打ち合わせた。

「さすがエリカさん、おっしゃるとおりですっ」

「魅了の権能を持つ方の歌声を聞けば、そうなるのが必然ですもの。……街のご当地アイドルを連れ去るのはすこし心苦しいけど」

つぶやくエリカに、護堂はうなずきかけた。

「ああ。これも世界の終わりを防ぐためだ。来てくれ、アイーシャさん！」

「ええっ、どういうことですか草薙さ〜〜〜ん!?」

強引にアイーシャ夫人の手を引っぱって、小屋の外へと連れ出す護堂。

夫人の背中を押して、手伝うエリカ。

とまどいながらも、いっしょに来てくれる永遠のさまよい人である貴婦人。三者三様のやりとりであった。


そして——それを物陰から見守る者がいた——と。

護堂たちが知るのは、もうすこしあとのことである。その人物は一部始終を見とどけて、やや軽薄な調子でつぶやいた。

「ふうん。草薙先輩もアイーシャさんを狙ってるのか」

「蓮。早い者勝ちってことにさせてはダメよ。追いかけましょう！」

六波羅蓮と、その左肩に腰かける小女神ステラであった。

4

草薙護堂と同じく、日本出身の神殺しである六波羅蓮。

ほかの〝同族〟と比べて、闘志旺盛というわけでもなく、自己主張が激しいということもないだろう。

むしろ飄々としており、万事においてノリが軽い。

そのあたりを『チャラい』と評されるのも毎度のこと。

それを否定するつもりなど蓮にはまったくない。眉間にしわを寄せて深刻ぶるより、チャラい方がよほどよいではないか。

いつでも機嫌よくしていたいし、あらゆることを楽しんでいきたい。

「だから、僕らの街をもっといいところにしたいよねえ」

「ええ！　いいかげんヒューペルボレアののど田舎暮らしには飽き飽きだもの！」

この頃、蓮はよく相方のステラと話しこんでいた。

のちに『享楽の都』と呼ばれる彼らの活動拠点――造りはじめたばかりの〝ニュータウン〟

を、いかに発展させていくべきかを。

　ステラの正体は、美と愛の女神アフロディーテ。

　超然とした神々しさなどとは無縁。むしろ欲望・煩悩に忠実な女神であった。

「蓮の入れ知恵で食べ物関係はだいぶマシになってきたから、次はきらびやかな衣装ね。宝飾品もいっぱい集めさせましょうっ。あとお化粧の道具に鏡。そうだわ、髪結いどころを早く作らせなくちゃ！」

「ふふふふ。このタピオカミルクティー、とても美味しゅうございます！」

　新メニューが完成するたび、トロイアの美姫カサンドラはよろこんでくれた。

　尚、政治や資金については《結社カンピオーネス》の総帥ジュリオ・ブランデッリに丸投げであった。

　そして建物の新築、道路工事、移民の誘致と受け入れなど、やることは多かった。

　このあたりは才女である鳥羽梨於奈（当時はまだ青い鳥ではなかった）がみごとな手腕で取り仕切っていた。

　街造りをはじめた頃、蓮自身はもっぱら『ビストロ開業！』に専念した。

　美味い料理と酒を出す店のイケメンオーナーシェフとして、厨房にも立つし、フロアで給仕もしたりと大忙しだった。

　もともと料理男子であった六波羅蓮。

器用に自己流イタリアン、フレンチ、和食に中華、韓国料理などを作りまくり、ビストロはあっというまに大人気となった。

ある意味、店の繁盛は必然であった。

ヒューペルボレア人にとって、いちばんのごちそうは『牛の丸焼き』。

日常の食事は『ほんのちょっとだけ肉の入ったスープ』が主菜。そういう素朴すぎる文明レベルだったのである。

超絶美味いと評判のビストロ。すぐに二号店、三号店がオープン。

ヒューペルボレア人のスタッフを雇い入れ、地球の料理文化を蓮が教えこみ、さらには生産農家も増やしていく。

このあたり『屍者の都』の芙実花よりも、蓮の方が遥かに手際よかった。

自炊とは無縁の実家暮らしだった芙実花は、〝食べたいもの〟をたどたどしく伝えるのみであった。

しかし蓮は自ら手を動かし、鍋を振って、実物を実食させてしまう。

『よそよりも食べ物がとにかく美味い街――！』

その評判がさらなる移民を呼び込むという図式ができあがりつつあった。

しかし、まだまだ人手が欲しい。すべきことは限りなくあり、労働力が多いに越したことはなかった。

……だから、蓮とステラは訪れたのである。

無限の労働力である『ゾンビくん』の産地、『屍者の都』を。

「というわけで、ゾンビくんを割安で譲ってほしいなあ、太子さま！」

「ふむ」

蓮のおねだりに、厩戸皇子は即答しなかった。

はるばる訪ねてきた『屍者の都』。まだ勃興期の六波羅蓮陣営とちがい、こちらの都はすでに完成の域に達しつつある。

その王宮の主と、謁見の間ではなく、王の私室で面談となった。

最低限の家具および書き物用の机しか置いていない部屋だ。

華美や壮麗とは対極にあるシンプルさ——。聖人である厩戸皇子、物欲というものが皆無なのである。

蓮の左肩から、ステラがうさんくさげに室内を見まわしている。

「まさか、あたしたちの都が煩悩まみれだからって、動く亡者を譲りたくないとか思ってないでしょうね？」

「いや、そんなことは。芙実花いわく、我は浮世離れしているらしいが」

厩戸皇子はアルカイックスマイルを口元に浮かべた。

「己(おのれ)と民草(たみくさ)が〝ちがう〟ということは重々わきまえている。欲も煩悩もそれはそれで結構なこと。人を苦しめるのも欲だが、人を満たすのもまた欲であろう」

「なら、何を考えこんでいたのよ？」

「いや――。死者どもを一千体ほど、無料で譲ってもよい」

「ほんと!?　太子さま、気前いいなあ！」

　にっこり笑って、蓮はよろこんだ。そして付け足す。

「で？　その代わりに、僕は何をすればいい？」

「ふ……。さすが神殺し、話が早い。なに、ある者を捜し出し、我のもとに連れてきてほしいのだ。何なら力ずくで拘束してもかまわない」

　聖人である厩戸皇子らしくない要請。蓮は不思議に思った。

「太子さまがそこまで言う人って、どんな相手？」

「おまえも知っている者だ。われらの世界が崩壊しかけたときに共闘した――神殺しの魔女アイーシャどの」

「アイーシャさん!?　あの人もヒューペルボレアに来てるんだ！」

「うむ。そして、われらの世界を混乱させていた空間歪曲(わいきょく)……あの現象の頻発(ひんぱつ)および拡大の元凶もまた、あの魔女だったのだ。我も最近ようやく、そのあたりのカラクリが観想できたのだがな」

「えぇーっ!?」

いつも飄々としている蓮も、さすがに驚愕した。

もともと《結社カンピオーネス》の一員として、世界崩壊の原因となる空間歪曲現象の増大に立ち向かっていた。

その過程で封印されていたアイーシャ夫人と出会ったのだ。

「そういや、あの人ってそもそもジュリオの屋敷に封印されてたっけ」

「只者じゃないとは思ってたけど、相当なタマだったようね。何千もの世界を滅ぼす元凶になるだなんて、とんでもない女魔王だわ」

ステラも半分あきれ、半分は感心したという体で評する。

厩戸皇子はさらに付け加えた。

「どうもな。あの魔女の権能が何かの拍子に暴走をはじめ、空間歪曲をあちらこちらに生み出しているらしい。しかも現在、あの現象が多元宇宙の全体に広がっているようでもある。もはや見過ごしてはおけぬ」

聖徳の王太子にふさわしい高貴さゆえの義務感。

それを表明して、厩戸皇子はまっすぐに蓮を見つめた。

「あの魔女めに術なり祈禱なりを施して、どうにか事態を収拾したいと思う。本人の了承などはもはや要るまい。神殺しを拉致できるのは、同族か神々のみ。しかし我が都のサルバトーレ卿はどうにも手綱を締めるのがむずかしい――」

「そこで僕の出番ってわけだ」

蓮はウインクして、軽やかに答えた。

「ゾンビくん一千体のためだしね。是非まかせてよ！」

「善哉。ならば、これより我の伝える場所に向かうがよい。必ずや魔女アイーシャめと邂逅できるはずだ……」

豊聡耳にして未来予知者でもある厩戸皇子、おごそかに予言をはじめた。

その言葉に導かれて――ついに六波羅蓮と小女神ステラは、『永遠の美少女』である貴婦人を発見したのである。

ただし、同族の『草薙護堂』もなぜかいっしょであった……。

幕間1 ——interlude 1——

◆奇跡の双子と清秋院恵那、この場に居合わせぬ者について語らう

「うえっ!?」

意外すぎることを聞いて、恵那は絶句した。

「……レオってまだまだ若いのに、五人も子供いるの!?」

「しかも、母親は全員ちがう。我が兄ながら、兄者は人としても男としても問題ありすぎだと思う」

「いやあ。全ては愛ゆえです」

妹モニカの皮肉にも、レオナルドは悠々と微笑む。

「父上も愛にあふれたお人であったと伝え聞いています。おそらく、その血が私は格別に濃いのでしょう」

「……という言いわけで、己の乱行を正当化する不埒者でもある」

ぼそりとモニカが言っても、レオナルドは優雅に微笑したままだった。

ある意味で父・草薙護堂よりも〝そういう方面〟では強者・曲者なのかもしれない。つくづくと恵那は感じ入った。

ちなみに、語らう三人はとある街のはずれにいた。

店もないあたりなので、適当な木陰に陣取って、四方山話をしていたのである。

「ところで、叔母上」

さりげなくレオナルドが話題を変えた。

「われら兄妹の記憶によると、父上のパートナーはあとおふたりほどいらっしゃったように思うのですが」

「そういえば、そうだった」

モニカもうなずく。ふたたび恵那は驚嘆した。

「って、ふたりとも赤ん坊の頃のこと、覚えてるの!?」

「かなりぼんやりとではありますが、一応は。ときどきモニカと——父上がいらした頃のことを話して、忘れないようにもしておりましたしね」

「はあああ」

双子の異才に、恵那は舌を巻いた。

おそらく赤ん坊の頃から《バレンシアの聖杯》と結合し、さまざまに影響を受けてきたからこそ開花したのだろう。

一歩まちがえば、その才に溺れ、道を踏み外していた可能性も高い。

守護者であるランスロット・デュ・ラックや周囲の者たちが、よほど気をつけていたにちがいなかった。

会うこともできない彼らに感謝してから、恵那は語った。

「うん。祐理とリリアナさんのふたりがまだいるよ。事情があって、ヒューペルボレアに来るのが遅れてるんだけどさ」

「事情、ですか」

「よかったら、兄者といっしょに加勢しに行くぞ？」

「ああ、それは大丈夫。向こうはリリアナさんが上手く仕切ってくれてると思うから。あ、待てよ……今の話だと、レオに行ってもらうのもアリっちゃアリなのか。なんか経験豊富そうだし――」

恵那がつぶやいたときだった。

レオナルドとモニカは急にハッとして、街の中心部の方へ真剣なまなざしを向け、警戒心もあらわに身がまえた。

「どうしたの？　何か感じた？」

「ああ。もうすぐ――とてもよからぬことが起こると思う」

「うわあ……ま、王様とエリカさんが偵察に行った先にはアイーシャさんもいるんだから、当然の流れなんだけどさあ……」

モニカの予言に頭をかいて、ぼやく恵那だった。

第二章

永遠の美少女、反運命の使命にめざめる

1

名も知らぬヒューペルボレアの街で、草薙護堂は旧知の婦人と再会した。

太陽はすでに中天を通りすぎ、地球風に言えば午後の昼下がり。アイーシャ夫人と相棒のエリカを引きつれて、護堂は大通りを歩いていた。

街はずれに待たせている連れと合流するためだった。

「まあ。恵那さんもヒューペルボレアにいらしているのですか!?」

すこし事情を話したら、アイーシャ夫人はよろこんだ。

「昔なじみの人たちとどんどん再会できるなんて、とてもすてきです！　もしかしたらヴォバン侯爵もいらしていたりして」

「あのじいさまは……どうだろうなあ」

「魔王内戦で護堂が勝利して以来、侯爵(こうしゃく)のおうわさをまったく聞かなくなったから……さすがに復活はしないんじゃないかしらね」

　思わぬ名前の登場。護堂は首をかしげ、エリカもコメントした。

「ま、逆に最凶の名前をほしいままにしたカンピオーネなのだし、唐突(とうとつ)すぎる復活を果たしても驚きはしないでしょうけど」

「おいおい。縁起(えんぎ)でもないことを言うなよ」

「あなたたちのように突拍子(とっぴょうし)もない生き物には、何が起きたって不思議ではないわ。それよりも護堂。不確定な未来よりも、たしかな現実と向き合いましょう。……わたしたちを尾行している男の子がいるわよ」

　さすが魔術師。背中に目でもあるかのようにエリカは報告した。

「背が高くて、見た目のいい男の子。陰気の虫とは縁のなさそうな――俗に言う『チャラい』感じの子ね。あと、女の子のお人形さんを肩に載(の)せているわ」

「……なに？」

「どうやら心当たりがあるようね」

「なんだか、わたくしの知り合いにもよく似ているような……あっ!?」

　後方を振りかえって、アイーシャ夫人が驚愕(きょうがく)した。

　護堂も同じことをした。やはり、予想どおりの人物が近づいてくるところだった。すかさず声をかける。

「いよう後輩。おまえとはよく会うな」

ひさしぶりに六波羅蓮と遭遇して、護堂はにやりと笑った。

ヒューペルボレア到着以来、何度か遭遇している、今までは共闘、もしくは不干渉という形で向き合ってきた相手だが――。

アイーシャ夫人も旧知と出会ったときの顔なのが気になった。

護堂のうしろにいる多元宇宙で最も傍迷惑な女魔王は、はたして、予想外すぎるセリフを口に出した。

「あ。六波羅さんと草薙さん、もうお知り合いでしたか」

「俺はむしろ、こいつとアイーシャさんのラインがつながってる方にびっくりだよ」

「へえ！　先輩たちもお友達同士だったんだあ」

「さすが地味顔でも神殺し、妙な知り合いがいるってわけね」

六波羅蓮と、その左肩に腰かける小女神ステラも口々に言う。

カンピオーネが三名もそろい踏みする椿事。なかでもいちばん若い人物が、ずばりと本題を切り出した。

「うん、それでね。今日は草薙先輩よりも――」

軽いノリでへらっと笑いつつ、蓮は女カンピオーネに目を向けた。

「アイーシャさんの方に用があって、訪ねてきた感じなんだ。いや、厩戸(うまやど)の太子(たいし)さまに頼まれたんだけど……今いろんな世界で起きているゴタゴタを収拾するために、アイーシャさんの身柄を拘束してくれないかって」

「ゴタゴタって何だよ?」

「草薙先輩も見たことない? 空間歪曲(わいきょく)っていう、ほかの世界に通じるゲート。多元宇宙ってやつのいろんな世界にあれが現れるの、アイーシャさんの持ってる権能(けんのう)が暴走してるからなんだって」

蓮に告げられて、護堂はどきりとした。

もう一〇年以上も前から認知している超常現象。ときにはあれを利用しての次元移動も行ってきた。

言われてみれば、たしかにアイーシャ夫人の権能《妖精の通廊》を彷彿(ほうふつ)させる!

納得してしまった護堂の顔色を見て、蓮はにこっと微笑んだ。

「それで『屍者(ししゃ)の都』の王様がどうにかしなくちゃって。いろいろ人体実験して、『空間歪曲の拡大』を封じるつもりらしいよ」

「あ、あの、『拘束』と『人体実験』という言葉がいやんなのですけど!」

当のアイーシャ夫人が口を挟んだ。

しかし、蓮は飄々(ひょうひょう)と、さらに物騒なことを言う。

「あー。太子さま、『本人の了承なしにやらねばならぬこともあるやもしれぬ』だって。だから力ずくでもいいから連行してくれって依頼なんだよね。代わりにあそこのゾンビくんを一千体、僕らの街にくれるっていうし」

「そんな、蓮さん！　わたくしたち友達じゃありませんか!?」

「でも、厩戸の太子さまも同じくらいにお友達だしねえ……」

いきなりの『犯人』あつかいに納得できないのだろう。

アイーシャは必死に訴え、一方の六波羅蓮は受けながしている。

護堂としては、

『いや、アイーシャさんなら十分以上にありえる話だし、説得力が半端ないよな』

と、証拠も一切ないというのに、早くも信じてしまっていた。しかし、こちらにはこちらの思惑がある。

護堂はすかさず、疑惑の重要人物を背中にかばった。

「悪いな後輩。アイーシャさんには俺の用事につきあってもらう予定なんだ。おまえらの実験は後まわしだ」

「ってことは、いよいよ先輩と直接対決かあ……」

六波羅蓮はくすりと小悪魔っぽく微笑んだ。

以前に一度、直接対決は果たしている。だが、あのときはおたがい本気になる手前で矛をおさめ、ヴァハグンという共通の敵を撃破するため同盟した。

生死を賭してての対決は、たしかに『いよいよ』である――。

身がまえた護堂。しかし、蓮はあっさりと軽い調子で言った。

「僕はパス。危ないから、やめておくよ」

「そうね、蓮。今は状況がよくないわ」

左肩のステラも澄まし顔で宿主に賛同する。護堂は唖然とした。

「な、なにい？　おまえ、この流れでそれを言うのかよ!?」

「僕さ。この間、草薙先輩と別れたあと、自分の世界に帰って、いろいろあってね。力を上手く使えなくなったんだよね」

「そうそう。本調子じゃない蓮には、休養が必要だわ」

調子よくステラもさえずっている。

いつもの『カンピオーネ同士』のノリで身がまえた護堂、いきなりはしごを外された。ひそかに握った拳の行き場がない。

一方、エリカは感心した面持ちでつぶやく。

「自称とエセのつく平和主義者の護堂をこんな風に翻弄するなんて、今度の神殺しさまはなかなかの曲者ね……」

「あ。お姉さんも先輩の仲間なんだ。僕は六波羅蓮、よろしく～」

しかも、めざとくエリカにチャラいあいさつをするおまけ付き。

これぞ六波羅蓮という振るまいで、エリカ、護堂、アイーシャという先達を翻弄した——その直後だった。

「だから直接対決じゃなくて、こっちを使わせてもらうよ」

「蓮、おまえ——その目!?」

六波羅蓮の左目がやにわに虹色の光彩を照射する。

その光は護堂を、エリカとアイーシャ夫人までをも呑みこみ、輝かす——だけでは、もちろんなかった。不可思議な呪力の波動までともなっていた。

妖しい波動が自らの肉体に浸透していく。

そう自覚しながら、護堂は身動きできない事実にも気づいた。

手足の指一本すらも動かせない！　金縛りの権能？　いや、そんな単純なものではなく、より奥深いヤバさを肌で感じる。

（エリカも、アイーシャさんまで硬直しちまっている……！）

驚嘆の表情を浮かべたまま、エリカは棒立ちになっていた。

アイーシャ夫人は『ひょええっ!?』という感じにのけぞり、驚きのあまり飛び上がったらしく、すこしだけ宙に浮いていた。

（空中で停止って、金縛りじゃないのか？　何なんだよ、この権能は!?）

どうにも不可解で、恐ろしい能力である。

しかし今、護堂が硬直しつつも思考はどうにか健在であるのは、術や呪詛に対するカンピオーネ特有の耐性がぎりぎりで堪えているおかげだろう。

六波羅蓮の『目』に、完全に屈服することを。

だが、護堂が頭のなかで必死に考えている気配を——悟られた。

蓮はにこりと笑い、こちらを直視する。

「やっぱりカンピオーネの人に真正面からぶつけても、堪えられちゃうか。なかなか完全には凍結できないな……」

「蓮っ！　もっと魔眼の力を高めてみなさいな！」

「了解、ステラ。やってみよう——あ。しまったかも」

小女神にそそのかされた蓮、胡乱なことをつぶやいた。

蓮の左目から放たれる虹色の光彩、いきなりとんでもない光量になった。今までは自分の前にいる護堂たちを照らす程度であった。

しかし今は、この往来と居合わせた街の人々を全て輝かせていた。

光を浴びた人々は残らず、硬直してしまった。

「うわっ。どうなってるんだろ、これ!?」

「ぼ、暴走しちゃったんだわ、蓮の魔眼！　もうっ。これだから、あのバカ女神から奪った権能は厄介ねっ！」

騒ぐ蓮とステラの両名が――ゆっくりと宙に浮きあがっていく。

彼らはなんと天空の高みより街を見おろし、魔眼より照射される虹色の光で眼下の全てを呑みこんでしまった。

その光彩のなかでは、空を飛ぶ鳥たちまで（！）静止している。

対して、護堂は呪力をできる限り高めていた。

（くおおおおおっ！）

心身に宿る呪力を高めるほどに、カンピオーネの呪詛への耐性は高まる。

これが効いた。ついに護堂は体の自由を取りもどし、足を大きく踏み出した。しかも同じタイミングで、アイーシャ夫人の硬直も解けた。

「れ、蓮さんの権能、ヴォバン兄さまの魔眼みたいですっ」

ほんのすこしだけ宙に浮いていた夫人、ひらりと着地する。

最古参のカンピオーネである女性の意見に、護堂もまったく同感だった。

「かなり広範囲に影響をおよぼせるみたいだし、たしかにな！　とにかくアイーシャさん、今のうちにここを離れよう！」

硬直したエリカの体を背負おうとして、驚いた。

びくともしない。すこし考えて、護堂は手をのばし、エリカの肩にさわる。強く念じるイメージは『魔眼の効能からの解放』。

カンピオーネは自身の周辺にかけられた術法まで、その耐性で『無』にできてしまう。

果たして、エリカを捕らえていた魔眼の呪詛は解けた。

ふらりと倒れこむ恋人の体を護堂は抱きとめた。もう動かせる。ただし、エリカは意識を失ったままだ。

彼女を今度こそ背負い上げ、アイーシャ夫人に呼びかける。

「行こう、とりあえず俺の仲間がいるところまで！」

「はいっ！」

虹色の光に照射されながらも、ふたりの神殺しは走り出す。

先を走る護堂はこの妖しい輝きの威力に、戦慄を禁じえなかった。

「ったく、後輩のやつ！　めんどうな権能を手に入れやがって！」

今回はまだ暴走気味なのでどうにかなった。

しかしコントロールが完璧になれば、どれだけ攻略がむずかしくなるだろう。つくづくと厄介な相手となるはずだった。

2

六波羅蓮(ろくはられん)の『魔眼』より脱出してから、三日が経(た)った。

騒動の舞台となった街を離れ、護堂(ごどう)の一行とアイーシャ夫人は海へと出ていた。船を手配したのはエリカである。

護堂の意向を受けて、『探索者のギルド』を立ちあげたエリカ。

その組織は早くも機能しつつある。同志のいる港を訪ね、中型の帆掛け船と水夫(かこ)たちを用意してもらったのだ。

ちなみに、魔教教主・羅翠蓮(らすいれん)もここ英雄界に来ている。

海賊団をたばねる大首領となった彼女の仕込みで、ヒューペルボレアの造船技術は加速度的に発展しつつあった。本来オーパーツ、オーバーテクノロジーである帆船など、もはや珍しくもなんともない。

ともあれ、船旅をしつつ、護堂たちは『調査』を行った。

六波羅蓮より聞いた話。《厩戸皇子(うまやどのおうじ)》——日本史上の超重要人物と同名の地球出身者がたどり着いたという真実。

アイーシャ夫人こそが多元宇宙を滅ぼす元凶である云々(うんぬん)について。

「結論から言いますと」

おもむろにレオナルドが語った。

妹のモニカともども、護堂より調査をまかされたのだ。

「やはり、多元宇宙はアイーシャどのが原因で壊滅しかけているようです」

「これ、このように」

モニカは楕円形の鏡を両手で抱えていた。

その鏡面では、魔術によって『映像』が再生中だった。

レオナルドとモニカは連日、瞑想を行っていた。多元宇宙にあまねく存在する時空連続体の数々で今、何が進行しているのかを幻視するために。

その成果を映像として、鏡に『外部出力』しているのである。

「うわあ……」

「想像以上にひどいわね……」

「これ、世界の陸地も海もどろどろに溶けて、混沌に呑まれちゃってるよねえ……」

護堂とエリカと恵那は口々にうめいた。

——今、鏡に映っている土地は現代地球の市街地である。

看板に日本語のひらがな・漢字が使われている。日本国内なのだろう。

しかし、あちこちで建物や土地が溶けていた。

そこにあったはずのビル、一軒家、道路、森、電柱、電線、自動車など。それら全てがあるべき形を失って、どろどろに融解していた。

マーブル模様のペーストが市街地のあちこちに現出している。

——映像が新たなものに切り替わった。

今度は見わたす限り、どろどろのペーストだけが広がっている。

その後も映像は変わり続けた。が、映るものは〝どろどろ〟に浸食された大地や海、都市ばかり。ある意味、あまり代わり映えはしなかった。

レオナルドが言う。

「多元宇宙には三千ほどのユニバースが存在すると言います。われら兄妹の視たところ、おおよそ一〇〇近い世界があのどろどろ——《混沌》に浸食されつつあり、完全崩壊に至った世界は現在、三つ程度かと」

しかも、同現象の規模はすこしずつ拡大中でもある……。

そう締めくくった息子の報告に、エリカは深刻な声でささやいた。

「まさかここまでの緊急事態になっているなんてね……」

悲痛な面持ちでもある。そんな母のあとに、モニカが言う。

「空間歪曲によって世界に無数の『穴』が穿たれ、大地と海と空はあるべき形状を失い、《混沌の海》と化したのだ。ただ不幸中の幸い。混沌に呑まれたものは、以前の姿を取りもどすことも——不可能ではない。まあ、天地創造に近いレベルの奇跡を起こせれば、という但し書きはつくが……。」

「ほ、本当ですかあっ!?」

叫んだのは、ずっと沈黙していたアイーシャ夫人だった。

自分の権能《妖精の通廊》が暴走し、多元宇宙のあちこちを穴だらけにしていると目の当たりにして、衝撃を受けていたのだ。

アイーシャ夫人は切々と、護堂に訴えた。

「でしたら草薙さん！　こうとなっては、致し方ありません。無数の時空連続体を襲いつつある未曾有の危機が……全てわたくしのせいであるなら」

こうも毅然とした夫人の顔を、護堂は初めて見た。

最高に傍迷惑でも、やはり究極に近いほど善意の人なのだ。

十数年ものつきあいとなるカンピオーネは、ついに決定的な要求の言葉を、かつてない神妙さで口にしようとした。

「この上はせめて、長年のお友達である草薙さんの手で、わたくしを——」

「始末する、なんてことは絶対にやらないからな、アイーシャさん」

護堂は全てを言わせなかった。

さらに、すばやく代替案を提示する。

「代わりに、俺たちでアイーシャさんをもう一回……封印すればいい」

「……へっ？」

「アイーシャさんが眠っていた間は、空間歪曲もここまで激しくなかったようだしな。だから、もう一度封印されれば――」

「そっか。世界が崩壊していくスピードも落ちつくってわけか」

恵那がうなずき、笑顔になった。

一瞬きょとんとしたアイーシャ夫人、すぐにぱあっと明るい表情になった。

「さ、されます封印！　やっちゃってくださいっ！」

「なら、アイーシャさんが寝たあとは俺の出番だ」

腐れ縁の旧友とも言うべき女性に、護堂は力強く請け合った。

「天地創造クラスの奇跡ってやつを起こして、どろどろになったユニバースを甦らせる。空間歪曲の広がりを止める方法も探り出す。そこまでととのったら、必ずアイーシャさんを起こしに行くよ」

「ありがとうございます、草薙さん！」

我が身を犠牲にする友のため、その意気に応えてやろう――。

護堂の宣言に、アイーシャ夫人は涙ぐんでいた。

封印の準備は急ピッチで進められた。

適当な島に上陸し、何かの神の墳墓とおぼしき遺跡に向かう。木の棺を作り、その霊室に運びこむ。

眠れるアイーシャ夫人を納める予定の棺である。

エリカと双子の魔術師チームは、霊薬の調合を行う。魔術の効きにくい神殺しの肉体をも永遠の眠りに誘う秘薬であった。

その一方で、護堂は太刀の媛巫女とミーティングを行った。

「なあ恵那。封印したアイーシャさんを守る役目、まかせてもいいか？」

「守る？」

「多元宇宙の崩壊原因がアイーシャさんだと知ったら、たぶん、あの人を抹殺しようと思うやつが現れるだろう。でも——」

「うん。手っとり早いようでそれ、絶対にダメなやつだ」

察しよく恵那は理解してくれた。

「命の危機にさらされちゃったら、アイーシャさんは自力で封印なんか破っちゃうよ！　そして宇宙の崩壊がものすごい速さで進んじゃうんだ！」

「だよなあ、やっぱり」

「まかせてよ王様。天叢雲剣もあるし、恵那がどうにかするよ！」

「正直、アイーシャさんが自分を始末してくれとか言いかけたときも思ったしな。本当にやる段になったら、あんた絶対に必死で抵抗するだろって……」

白状すると――友情のみで再封印を決めたのではない。

カンピオーネという度しがたい連中の生き汚さを勘案したためでもあった。護堂自身もその種族の一員であるからこそ。

ともあれ、各方面の準備はととのった。

いよいよ封印を決行するとなった夜。空には満月が輝いていた。

「では、みなさん……あとのことはおねがいしますね！」

用意された棺に入り、上体だけ起こしたアイーシャ夫人。

エリカの差し出した陶器の杯を受け取り、ぐいっと一気に飲み干した。それから、棺のなかで仰向けに横たわる。

あとは夫人が寝入ったことを確認してから、棺のふたを閉めればいい……。

アイーシャ夫人は両目を閉ざしていた。

しかし、体の随所に力が入っていると護堂は見て取った。

寝入った人間の姿ではない。むしろ、だんだん眉間にしわが寄るようになり、「うーんうーん」とうなり声まで発しはじめた。

これはさすがに様子がおかしい。護堂は声をかけた。

「どうしたんだ、アイーシャさん!?」

「い、いえ。すんごく眠くなってるんですけど……わたくしのなかにいる何かが『眠りたくない』と抵抗しているようで――」

両目をぎゅっとつぶりながら、アイーシャ夫人は答えた。

しかし、ハラハラして見守る護堂たちの前で、ついにその現象は起きた。

「ううううっ。生まれるぅっ、生まれちゃいますー！」

「生まれ――って、えええええっ!?」

のけぞりながらも、護堂はその瞬間を目撃した。

ぽんっ！　シャンパンの栓でも抜くように軽快な音と共に、アイーシャ夫人の頭から――何かが飛び出してきたのである。

それは、小鳥などと同程度のサイズであった。

が、姿形は十代半ばくらいの少女。透けそうなほどに白い肌と輝く美貌を持ち、背中にはアゲハチョウのごとき翅を生やしている――。

妖精の類であろう少女を見た刹那、ブランデッリ家の双子が叫ぶ。

「兄者、あれはまちがいなく……！」

「妖精の女王ニアヴ！　いや、その権能が具現化した顕身だ！」

モニカとレオナルドは霊視を得たようだ。

護堂は思い出した。アイーシャ夫人の権能《妖精の通廊》。それは妖精たちの住む常若の国の女王ニアヴより簒奪したもの！

そして、権能や呪力が実体を得たものが顕身――。

護堂自身の『猪』や羅濠教主の金剛力士などもそうだ。

そして今、アイーシャ夫人の顕身として誕生した妖精女王ニアヴは脇目も振らずに空の高みへと昇っていく！

「護堂！　どこかへ逃げ去るつもりにちがいないわ！」

「だろうな！」

エリカの警告に護堂は答えた。

妖精ニアヴ、その可憐な姿からはきらきらとした鱗粉めいたものがこぼれ出ている。護堂はその光を指さし、吠えた。

「頼むハヌマーン！　あの光を捕まえてくれ！」

猿神のシルエットを持つ黒い影が空を駆けあがる。

かつての宿敵ラーマに仕えた腹心より簒奪した権能《太陽を喰らう者》。ただし護堂本人はシンプルに『ハヌマーンの影』とか呼ぶ。

焔、高熱、光明などをあの影に封じさせるという権能だった。

しかし――飛翔自在の猿神に追いつかれる前に、妖精ニアヴは何処かへと消え去った。

「レオ、モニカ。あいつ、まだヒューペルボレアにいると思うか？」

「どう……でしょうねえ」

「おそらくは時空を超えて、多元宇宙の彼方に逃亡したのだろう。あの者がここにとどまる理由は何もない」

「……だよな」

双子の回答に、護堂も同意見だった。

一方、妖精ニアヴという顕身を無意識に誕生させたアイーシャ夫人。

「ふみゅううううううう………」

と、奇妙な声を吐き出しながら、棺のなかで目を回していた。

3

毒を食らわば皿まで。事がここまで至って、護堂は決意した。

「追いかけるしか、ないよなあ。ニアヴの妖精を」

「父上、物は考えようです。妖精という形でアイーシャどのの権能が具現化したのなら、逆にあの顕身を消滅させてしまえられれば――」

父と同年代にしか見えないレオナルドが言った。

「空間歪曲の広がりと多元宇宙の混沌化は封じ込められるはずです」

「ある意味、対処がしやすくなった——か?」

息子の助言はうれしいが、護堂はぼやいた。

「いや、おまえ。そうは言っても、逃げたあいつを捕まえるの、えらいしんどいぞ。マルチバース中を飛びまわって、それこそ神出鬼没だろうし」

「そこはまあ、否定しませんが」

よかった探しをしたレオナルド、上品に微笑んだ。

その兄とちがい、妹のモニカはあまり感情を表に出さない。いつもむっつりと沈黙し、ぼーっとしているようにも見える。

だが口を開けば、事態の本質をよく突いてくる。今回もそうだった。

「では、父上は妖精ニアヴを追うとして——誰を同行させる?」

「俺としては一家全員で出発してもいい気がしてたけど……そうしない方がいいのか?」

「おっしゃるとおりだ」

護堂の問いに、モニカは淡々と答えた。

「妖精ニアヴはたしかに重要だろう。しかし現在、多元宇宙を揺るがす危険の震源地は——やはりここ、英雄界ヒューペルボレアなのだ」

「それはまあ……ほかにふたつとない神話世界ではあるけど」

護堂はつぶやいた。

「ただ、俺のお仲間が集まってきて、ブイブイ言わせてるだけで、マルチバース全体を巻きこむような何かがあるわけじゃ――」

「待って、護堂。たしかにモニカの言うとおりだわ」

急にエリカがハッとした。

「この状況がしばらくつづいたら、たぶん、来るわよ。新しい――『最後の王』が。魔王殲滅の勇者が今のヒューペルボレアに降臨しない理由、むしろ思いつかないわ！」

「そっちか！」

「そしておそらく、第二次魔王内戦もはじまるでしょうしね……」

かつての決戦を全て見とどけたエリカの予言。

そこにモニカも付け加える。

「あと、地球出身者がヒューペルボレアの文明に加えつづける『改変』も――何か大きな火種になりそうな気がする。漠然とした不安があるというか……」

「それに関しては、俺もほかの連中と共犯だなあ」

愛娘の所感を聞いて、護堂は考えた。

……『最後の王』降臨。第二次魔王内戦の勃発。妖精ニアヴの追跡。多元宇宙の彼方をめざす探索行。ならば――

「よし。なら探し出すぞ、あの妖精と……救世の神刀を」

ひさしぶりに、最強の敵が振るった武具の名を口にした。

エリカと双子がそろって瞠目していた。


「どうせいろんなユニバースを巡るだろうしな」

旅立ちの準備をしながら、護堂は考えを語った。

「どこかに救世の神刀の一本や二本、眠ってるだろう。心当たりもないではないし。妖精ニアヴを消滅させる旅のついでに、そいつを見つけてくる」

「たしかに《反運命》の権能を持ち、一度は救世主の運命も手に入れた護堂なら」

エリカがうなずいた。

「使えるようになってもおかしくはないわね」

「どうせ帰ってくる頃には、ヒューペルボレアの戦乱とか魔王内戦もぐちゃぐちゃの大混戦になってるだろうしな。それを救世の神刀で一気にふっとばす。カンピオーネ同士のつぶし合いにいちいちつきあうより、その方が絶対にいい」

大雑把だが、それなりの成算がある計画であった。

そして、その探索行に連れていくのは——

「モニカは俺を手伝ってくれ。レオはエリカといっしょにヒューペルボレアに残って、ギルドのことを頼む」

「承知した」「おまかせください」

血を分けた双子が即答する。

この兄妹、荒事については《結社カンピオーネス》の総帥でもあったモニカの方が得意なのだという。

対して、交渉事などはやはりレオナルドの方が期待できる。

ヒューペルボレアに残り、『探索者のギルド』を拡大・発展させていくならば、これが適材適所であった。

そして最後のメンバー、清秋院恵那はといえば。

このときはずっと、昏倒したアイーシャ夫人のそばにいて、不在だった。

妖精ニアヴを誕生させたあと、ずっと『ふみゅううぅぅ〜〜』とうめきながら、意識不明だったのだ。

むくり。唐突にアイーシャ夫人が身を起こした。

封印儀式の場所であった墳墓の近くにテントを張り、絨毯を敷いて、その上にずっと寝かせていたのである。

そばで見守っていた恵那は声をかけた。

「安心したよお、アイーシャさん！　ずっと寝たままかもと心配してたんだから！」

何しろ仮死状態——永遠の眠りに落ちる霊薬を飲んでいる。

まあ、ずっと『ふみゅうぅぅぅ～～～』という寝言が口から洩れていたので、眠りは浅そうだとは判断していたのだが。

それでも不安は不安。だから恵那がついていた。

……しかし、太刀の媛巫女はすぐに眉をひそめた。アイーシャ夫人の様子がどこかおかしかった。

いつもにこやか、愛想のよい神殺しの貴婦人。

だが今、アイーシャ夫人はしかめ面をして、いまいましげにつぶやいた。

「運命の気配を感じます……」

「へっ？　どういうこと、アイーシャさん？」

「だから《運命》ですっ。神々さえも操る力でわたくしたち人類を支配し、この世の不幸と悲劇の源泉である存在！」

ぐっと拳をにぎりしめ、夫人は叫んだ。

「先ほども世界のために我が身を捧げようとしたわたくしに——あの力、運命の修正力を加えて！　女王ニアヴの権能を具現化させて、どこかへ逃がしてしまいました！」

「えっ？　あれってそういうことだったの？」

恵那はきょとんとした。

むしろ逆ではないか。何らかの運命神が干渉するなら、むしろアイーシャ夫人を封じるか排除する形で介入するのではないか。

その方が多元宇宙の混乱を鎮めることができるのだから。

どちらかと言えば、恵那たちは『妖精ニアヴの顕身化』を、アイーシャ夫人の体が封印を拒んだためと推察していた。頭では殊勝なことを考えていても、神殺しの肉体はどこまでも生き汚く抵抗したのだと。

封印儀式の失敗が、アイーシャ夫人に妙な思い込みを刷りこんだのだろうか？

いぶかしみつつ、恵那は訴えた。

「とにかく今は体を休めようよ。ほら、もう一度、横になって」

「そんなことをしている暇はありませんっ。わたくしには全人類を《運命》の軛から解放する使命があるのです！　なぜなら、わたくしは――」

熱く、エネルギッシュに、アイーシャ夫人は主張した。

「かつて運命神をも打倒した《反運命の戦士》草薙護堂の盟友なのですから！」

「あ、うーん。そう言ってもあながちまちがいじゃないだろうけど」

一〇〇％の盟友とも言えないような……。

心の裡でツッコみながら、恵那はあわてて立ちあがった。

「王様を呼んでくるから、ちょっと待っててよ！」

しかし五分後。護堂といっしょにもどってきたとき。

アイーシャ夫人はテントにいなかった。ただ書き置きが残されていた。

『運命と闘うために旅立ちます！　世界と宇宙を救うため、共にがんばりましょう！』

あまりに想定外すぎるアイーシャ夫人の行動。

護堂と恵那はたがいに顔を見合わせた。

「どうしちまったんだよ、あの人は……」

「変なことになっちゃったよねえ。とりあえず恵那が追いかけようと思う」

「頼めるか？　本当は、俺といっしょにニアヴを探す旅についてきてほしかったんだけど、仕方ないな……」

ぼやく護堂へ、恵那はお茶目な感じでウインクした。

「まあ、こっちはまかせといてよ。正直、昔のままでもアイーシャさんは傍迷惑(はためいわく)だったけど、今のあの人はもっとヤバそうだからね。放置はできないよ！」

かくして、草薙護堂はヒューペルボレアを旅立った。

愛娘モニカと共に、必ず目的を果たしてくると仲間たちに約束して。

エリカとレオナルドのブランデッリ母子(おやこ)は『探索者のギルド』を順調に発展させ、躍進いちじるしい『享楽の都(きょうらく)』に拠点を移した。

そして太刀の媛巫女・清秋院恵那とアイーシャ夫人は――

4

時が流れた。

いまや英雄界ヒューペルボレアでも最大の陸地となった鉤爪(かぎづめ)諸島。その大地にはいくつものフォービドゥン・レルムズ――許されざる王国が勃興(ぼっこう)している。

円卓の都。屍者(ししゃ)の都。海王の都。群狼の天幕。

竜の都。享楽(きょうらく)の都。探索者のギルド。影追いの森。

そして新興勢力の《反運命教団》は、いよいよ九つ目の王国(レルム)と呼んでもよいほどの勢いを獲得しつつあった。

鉤爪諸島の各地に、反運命の教義は爆発的に広がっている。

教祖であるアイーシャ夫人はただ『運命に立ち向かえ！』と叫ぶだけではなく、そのメッセージを伝える集会に音楽を取り入れた。

楽器の演奏と合唱で、聖なる儀式を演出するというものだ。

「ま、そういうのって実は、世界中の宗教でやってるもんね……」

巫女(みこ)でもある清秋院恵那(せいしゅういんえな)は、その手の事情にも当然くわしい。

表向きには『教祖の護衛』という立場でアイーシャ夫人に同行しながら、監視役として、彼女の動きを見守ってきたのだ。

古来、宗教と音楽は深く結びついてきたもの。

たとえばクラシック音楽なども原点は教会音楽であり、むしろアイーシャ夫人の発想はごく自然な流れだったとも言える。

「ただ、日本のカラオケのノリでやるとは思わなかったけど……」

恵那はしみじみと思い出した。

あるとき、アイーシャ夫人がいきなり思いついたアイデア。

『そうです！　わたくしたちは《反運命の戦士》をヒーローとして崇め、共に戦う教団っ。ヒーローには主題歌が必要です！』

『歌い手さんとバンドのみなさんも集めなくっちゃ』

『あー、みなさん。そうじゃありません。もっとノリのいい、アニソンっぽい曲にしちゃってください。えっ？　意味がよくわからない？』

『大丈夫、わたくしはこれでもオタクの街・秋葉原に滞在中、カラオケにはまって数々のアニメ主題歌を歌い込んだ女！　いくらでも教えてあげますよおっ！』

『そうそう！　曲と曲の合間はＭＣでお客さんを盛りあげて！』

途中からは、布教の旅よりも音楽隊の育成に熱を入れだした。

自分ひとりで巡業するより、スタッフを派遣する方が効率的――。

そこに気づいて、アイーシャ夫人はだんだん教祖というより、音楽関係のプロデューサーじみていったのである。

鉤爪諸島の各地で歌い手と演奏家を発掘＆養成し、楽曲製作もプロデュース。

恵那はなつかしい正史編纂委員会の敏腕エージェント、甘粕冬馬を思い出した。近年、彼は女子アイドルをプロデュースするアニメやゲームにはまっているからだ。

――かくして《反運命教団》の現在がある。

いまやちょっとした街なら、反運命の歌声はどこでも聞ける。

それだけ教団の伝道者と信徒が増え、冷酷な《運命》に立ち向かう戦士《クシャーナギ・ゴードー》の存在を熱唱しているのである。

……この名前、はじめは草薙護堂だったが、途中で〝盛った〟。

『もうちょっとハッタリの効いた名前の方がよさそうですね。そう、たとえばクシャーナギ・ゴードーとか！』

と、いうように……。

封印儀式の失敗以来、アイーシャ夫人の暴走が止まる気配はない。

彼女の動向を監視しながら、恵那は首をかしげた。

「うーん。封印のときに運命サイドの干渉が本当にあったのか、いわゆる認知の歪みなのかは、今もわからないけど。とにかくアイーシャさん、あのときに《運命》への敵愾心が強く刷りこまれちゃったみたい」

ときどきエリカ宛てに送る手紙に、見立てを書いたりもした。

恵那の心配をよそに、アイーシャ夫人がついに新たなチャレンジをはじめた。最近では、教義を広める音楽隊も質・量ともに充実。余裕が出てきたのである。


「ついに……魔王殲滅の勇者が降臨したそうです！」

以前とちがい、据わった目つきでアイーシャ夫人は言った。

反運命の暴走をはじめてから、にこやかさがだいぶ減り、代わりに発言はいちいちエネルギッシュ、いつも決めつけるように物を言う人物となってしまったのだ。

夫人は天に向かって、拳を突きあげた。

「ならば、わたくしたちの《クシャーナギ・ゴードー》も次のステップに進まなくてはいけません！　今こそ反運命の戦士が――降臨する時なのです！」

「それでわざわざこんなところまで……」

ただひとりの同行者である恵那は、ため息をついた。

無人の砂漠を越えて、今いる古代遺跡まではるばるとやってきた。

広々とした石造りのステージは『祭壇』。やはり石造りの屋根をたくさんの円柱で支える建物は『神殿』なのだという。

ただし、人間が神を崇める聖域というわけではない。

かつてここにはヒューペルボレアの神々が降臨し、直に下界の人間たちと接点を持つための場所なのだと聞いている。

神事にくわしい《反運命教団》のメンバーが教えてくれたのだ。

アイーシャ夫人と恵那は、鉤爪諸島でも最も辺鄙な『一の島』に来ていた。

いちばん都市の多い二の島、そこそこ栄えた三の島、羅濠教主の本拠地となった蓬萊八島とちがい、一の島に集落はほとんど存在しない。

島のあちらこちらに、古代の遺物や神々の痕跡がある。

古代――。洪水によって、海に沈んだヒューペルボレア先史文明が華やかなりし時代。その頃の建築物がかろうじて遺跡として残っている。

神々――。この世界の天地と海を気まぐれに闊歩する超存在。

そう。ヒューペルボレアでは運さえあれば、ばったり神々と出会えてしまう。それが良運か悪運かは予測できないが……。

恵那はつくづくと、自分の足が踏みしめている『祭壇』を見おろした。

アイドルグループのコンサートにも使えそうなステージだが、この広い祭壇そのものが神具であった。

恵那はひそやかにつぶやいた。

「この上で祈り、願えば、神様が降りてきてくれる祭壇、か……」

清秋院恵那は霊能《神がかり》の使い手である。

我が身に神の御霊を降ろし、人を凌駕する力の使い手となる術。降霊術師と呼ばれることもあった。

その直感が『これは本物！』だと告げている。

実際、遺跡について教えてくれた信徒も『願いにふさわしい神が顕れる聖地』だと語っていた。しかし。

アイーシャ夫人の訴えを聞いて、恵那は「うーん」とあきれた。

「さあっ！　今こそ降臨してください、反運命の戦士《クシャーナギ・ゴードー》！　く、くさなぎ、ごどうさんに代わる戦士のなかの戦士さま！」

「……うーん。それ、アイーシャさんがでっちあげたやつじゃん」

心の底からのぼやきを恵那は口にした。

「うちの王様、そもそも神様じゃないし……」

「さあさあ！　魔王殲滅の勇者も来ちゃいましたし、スパンとあなたも顕れて、勇者退治をお願いしまぁぁぁぁす！」

護衛役がツッコむ小声など、もちろんアイーシャの耳には入らない。

天に向かって祈禱（?）をつづけている。封印の失敗以来、神殺しの貴婦人はどうにも突飛な発想ばかりするようになっていた。

ちなみに、このとき。

空はどんよりと曇り、ごろごろと遠雷の音も重低音で鳴りひびき、今にも荒ぶる神が降臨してきそうな雰囲気だけはバッチリであった。

……しかし、清秋院恵那は知らない。

彼女が聞いた遠雷の音――。その雷は遥か遠方の地へ、実際に落ちていたのだが。雷霆と共に大地へ降り立つものがいた。

その者は人の姿形をしており、天と大地を見まわして、ふっと微笑んだ……。

幕間2 ―― interlude 2 ――

◆黒王子アレク、大英雄の武具について思案する

「ふうむ……」

作業をひととおり終えて、アレクは一息ついた。

本拠地『影追いの森』。その片隅に建てた居館の自室である。

書き物机の前にいて、木のイスに腰かけてはいるが、アレクの体と視線は机の方には向けられていなかった。

その逆側、床に直置き（じかお）きした武具ふたつを眺めている。

黒光りする鉄弓（てつきゅう）と、黒く塗った木製の矢筒。只（ただ）ならぬ霊気を帯びている。

新米で隙（すき）だらけの《魔王殲滅（せんめつ）の勇者》から無断拝借し、アジトの居館まで運びこんだ品物であった。

インド神話の誇る大英雄、ラーマチャンドラ王子の武器である。

いかなる性質、由来を秘めているのかと、いくつかの方法で解析を試み、一定の成果を得ることに成功した。

といっても、アレク自身にはこの弓矢を使えない。

たとえ英雄豪傑であっても、地上の人間ごときがあつかえるものではなかった。

相応の『格』を持つ軍神が手にして、はじめて意味を持つ神具なのだ。弦を引き、矢をつがえることすら、俗人にはかなうまい。

しかし、十分な見識と備えを持つ人間なら、解析・検証はできないわけではない。

「何はともあれ、なかなか面白い道具であることは十分にわかった」

アレクはつぶやいた。

自身のカンピオーネとしての権能を弓と矢筒に向けて、強度を試し、神具としての性質もあれこれと引き出した。

机に置かれた片眼鏡や羊皮紙の魔導書は、どれもいわく付きの呪具。

神々に属する聖なる道具や聖遺物すらも霊査し、秘めた属性や神力を読み取ることで、神界についての叡智を人類に授けてくれる。

そうしたあれこれで、アレクは個人的な興味を十二分に満足させたのだが。

それはいわば『趣味の時間』である。

そろそろカンピオーネ、神殺しとしての本道にもどるべき頃だった。

「まもなく魔王殲滅の勇者がここにやってくる。曲者のカンピオーネをそうとは知らずにお供にして……」

さて、この弓と矢筒。どう活用するのがベストであるか。

あの曲者には、前回の借りをたっぷり返してやりたいところでもある。神算鬼謀の知恵者として、アレクが頭を回転させていたとき。

「王子どの——」

風を入れたいので、開けておいたドアの前に配下がやってきた。

予知の霊能を持つ老人にして、盲目の詩人であった。

「お耳に入れておきたいことがございまして……」

「何か未来に関することか?」

黒王子アレクを新たな冒険に誘うきっかけがこれであった。

第三章　運命の御子、黒王子の影を追う

1

「いないって、どういうこと～～～～っ!?」

怒りと失望にまかせて、物部雪希乃(もののべゆきの)は叫んだ。

「自分で『いつでもオレを訪ねてくるといい』とか言って、キリッと決め顔しちゃってたくせに！　実際におうちまで来てみたら留守だなんて！」

「我が主(あるじ)アレクサンドル・ガスコインの無作法、まことに申し訳ない」

制服を着た日本の高校生女子に、温厚そうな紳士が丁寧(ていねい)にあやまった。

地球出身者(アーシアン)であり、オランダ生まれの白人である。

仕立てのよい背広に灰色のコートを合わせており、主君と仰ぐ《黒王子(ブラックプリンス)アレク》と似たような格好であった。

本名不詳。サー・アイスマンの通称で呼ばれる『騎士』。

男前のアイスマンが主君とならび立てば、ずいぶんと絵になるのだが——どちらかといえば、主君の留守を守ることの方が多い。というのも。

「我が主は完璧主義者のくせに、完璧とは程遠い人格の持ち主でもある。特に『思いついたことをすぐに試したがって、次々と居場所を変えては、新しい計画に取りかかる』という悪癖は、本当に救いがたい。とにかく困ったお人なのだ」

アイスマンの口ぶりはおだやかで、紳士の余裕に満ちている。

しかし、主への鬱憤が微妙に見え隠れして、六波羅蓮と鳥羽梨於奈も思わず問題人物の性格をあげつらった。

「よく言えばフットワーク軽い、だけどねえ……」

「落ち着きがなくて、いまいち王様の貫禄ありませんね。むしろ次々と新しいビジネスを立ちあげる起業家みたいです」

「いや、まったくごもっとも」

「う～～っ！　その困った人に、私の弓と矢筒——先生から頂戴した大事なものを持っていかれちゃったのよ!?」

「それも申し訳ない。黒王子アレクの三一個ほどある悪癖のひとつなのだよ」

わめく雪希乃へ、サー・アイスマンは慇懃にあやまった。

騎士――厳密には《大騎士》の位階を持つ上位魔術師。実は蓮の盟友、ジュリオ・ブランデッリも同じ立場である。

黒王子アレク不在の『影追いの森』をたばねる副首領でもあった。

深い森のなかに建つ広壮な居館――。そのロビーにみんなで集まって、神速のカンピオーネのうわさ話に興じているところだった。

館のどこかに隠れているのではとも、雪希乃は一瞬だけ疑った。

だが、該当人物のプライドはきわめて高い。すこしだけしか会話していないものの、そのことは雪希乃にもよく伝わってきた。

この状況で居留守を使うとも思えない。だから尚更、腹が立つのである。


海賊団・白蓮党の本拠地『海王の都』を訪ねた物部雪希乃。

魔王殲滅の勇者としてカンピオーネ・羅濠教主と対決し、封印してみせた。さらに、お姉さまこと鳥羽梨於奈も青い鳥の姿から解放された。

まさしく若者たちの快挙。大金星。

しかし、勝利の決め手となった神具《英雄ラーマの弓と矢筒》を黒王子アレクサンドル・ガスコインに奪われてしまった――。

あわてて船を仕立てて、雪希乃たちは鉤爪諸島・三の島へやってきた。

この島の北部には、フォービドゥン・レルムズのひとつ『影追いの森』がある。ここがアレクの本拠地だと、まっすぐ訪問してみれば。

木造の館より出てきた地球出身者の紳士に謝罪されたのである。

物腰やわらかなサー・アイスマンに、いつもの軽さで蓮は話しかけた。

「ところでアレクがどこに行ったのか──訊いてもいい？」

「かまいませんとも。主君のため秘密にすべきことも多いとはいえ、この場合はちがいましょう。むしろアレクの方も、みなさんに早く会いたがっていると思われますので……」

微笑みながら、アイスマンは語った。

「我が陣営の、予言の才を持つ者がこう告げたのです」

──『一の島』に忽然と顕れた気配あり。

──その者すさまじき神気をみなぎらせ、いずれ大いに荒ぶるであろう。

「予言かあ。うちのカサンドラのお仲間だ」

蓮がつぶやいた。

美しい少女の姿をすっかり取りもどした梨於奈も言う。

「それでブラック王子さまは一の島に向かったと。あそこは人里なんてほとんどないっていう未開の地ですからね。わたしたちも上陸したことありません」

「貿易する相手もいないんじゃ、仕方ないもんねえ」

蓮たちの『享楽の都』は、外との交易で多くの富を築いてきた。

そのため荒野と砂漠、遺跡だらけだという『一の島』には、自然と足が向かわなかったのである。

感じ入っていた蓮、ふと視線に気づいた。

「なるほど。アレクが言っていたとおりの御方だ……」

「あはは。僕のこと、うわさしてた？」

サー・アイスマンの柔和なまなざしに、蓮はウインクで応えた。

「いろいろ聞きおよんでおります。新たな勇者があのように初々しい少女であることも、それ以外の諸々も……。こうして正式にごあいさつの機会をいただけたこと、まことに重畳と存じます」

壮年の紳士は、ここで優雅に一礼した。

「黒王子アレク第一の騎士であり代理人……アイスマンとお呼びください」

「わかった。僕もあなたと仲よくなれてうれしいよ」

「――決めたわ！」

蓮とアイスマンのやりとりをよそに、雪希乃は熱く叫んだ。

「王子なんて恥ずかしいあだ名の盗人を追いかけなくちゃ！　お姉さま、六波羅くんっ。私たち一の島に行きましょう！」

「ま、そうなりますよねー」

　こちらはさばさばと、梨於奈が言った。

「目的地変更！　船にもどって針路を東へ。一の島へ向かいますよ！」


「あら？　そういえば……」

　船上で潮風を浴びながら、雪希乃は気づいた。

「さっきの渋いおじさま、どうしてか六波羅くんにだけ敬語だったわね？　私とは近所の女の子と話すみたいだったのに？」

「そこはほら。僕だって、この面子じゃ最年長だし」

　蓮は飄々と、自分自身を指さした。

「その辺を考慮してくれたんじゃない？　代表あつかい、みたいな」

「たしかに。それにそもそも、わたしたちは『享楽の都』の施政者です。六波羅さんが使節団代表だとすれば、自然と対応も丁寧になるでしょう」

「そういうことだったのね、お姉さま。気づかなかったわ！」

　梨於奈の補足説明で、雪希乃も納得した。

「そうよねえ。六波羅くん個人に敬意を払う必要なんてないんだから、そうとしか思えないわよね！　私ったら迂闊だったわ」

「いいんですよ、いつものことです」

「こ、ここでそのお言葉はちょっとむかつくわよ、お姉さま!?」

澄まし顔の梨於奈に言われて、思わず反抗的になる雪希乃だった。

（ちなみに雪希乃からは見えないよう、蓮・梨於奈のふたりは腰のうしろに片手を回し、親指を立て合って、作戦成功を祝っていた。『ナイスフォローー！』『いえいえ、この調子でだましつづけましょう』とアイコンタクトも交わしながら……）

すでに三の島を船出して、東方へ向かっている。

雪希乃たちの乗る船は大型の帆船だった。二〇名前後の船員たちもおり、みんな熟達した操船ぶりであった。

水と食料の保存も十分。航海の準備は万全であった。

アレクサンドル・ガスコインはひとまず一の島東部の砂漠地帯に向かった――。そう教えられていた。

三の島北東部の『影追いの森』沿岸から、そちらをめざす船旅。

風にもよるが、おそらく二日ほどで到着するだろう。

「だったら、ちょうどいいわ」

雪希乃はつぶやいた。

「私、もっと強くならなくちゃいけないし。船旅の間、魔王殲滅の勇者として特訓なんかしてみましょう！」

「ほほう……」

雪希乃の宣言に、なぜか梨於奈お姉さまは考えこんだ。

「どうかしたの、お姉さま？」

「いえ。ブラック王子さまとの対決も近いというのに、闇雲に特訓なんかしたら、かえって疲労が蓄積してしまうのではと心配したんです。…………あと、下手に強くなられるとこちらのコントロールが利かなくなるじゃないですか……」

お姉さまの言葉、途中からゴニョゴニョというつぶやきになっていった。

しかし前半を聞いて、雪希乃は感激した。

「そこまで私のことを思ってくれるなんて——！」

「ヒューペルボレアに来て以来、激闘つづきでしたからね。逆に、そろそろ休養してみたらどうですか？」

「いいねえ。ちょうどフルーツもいろいろ食料庫にそろってるし」

にこやかな梨於奈の隣で、六波羅蓮が楽しそうに提案する。

「トロピカルジュースやカクテル作れるよ。揺り椅子とかハンモックを出して、みんなで優雅に昼寝とかして」

「それ、バカンス気分で最高じゃないですか」

女王さま然として、梨於奈も賛同する。

しかし、これでも物部雪希乃はストイックな体育会系女子であり、己を限界まで追い込む武道家としての一面もあった。

「お気遣いはうれしいけど、雪希乃なら大丈夫！」

ぐっと拳をにぎり、燃える瞳で訴える。

「私の故郷やたくさんのユニバースが《混沌》に侵されているし、ここヒューペルボレアの神殺したちのせいで、運命修正の力も上手く機能していない。物部雪希乃がやらなくて、誰がやるって状況だもの！　この身砕けようとも特訓あるのみだわ！」

迂闊・粗忽・快活の三拍子が雪希乃の真骨頂。

それだけに性格も思考もシンプルで、まっすぐで、何より思い切りがよい。こんなところで足踏みするなど、言語道断であった。

2

「でも特訓するのはいいけど」

ふと六波羅蓮が言い出した。

「具体的には、何をどうやってトレーニングするの？　ここ、海の上だし。走り込みとかもできないよねえ」

「う……っ。それは今から考えてみるわ」

後先考えずに特訓気分になっていた雪希乃、あわてて答えた。

潮風を大きな帆で受けとめ、紺碧の海を気持ちよいほどの速さで突き進む大型帆船の甲板上である。

そこそこ大きい木造船だが、トレーニング場としては手狭だ。

いや、木刀を振って剣術の鍛錬などはもちろんできるのだが、それではあまりに『特訓！』とは程遠い。

すると、梨於奈がいかにも賢そうな顔で考えこんでから、

「まあ特訓と言えば『回転する電動ドリルを素手でつかむ』『丸太で体を強打して耐久力を上げる』『深海と同じ高圧の特訓室に二カ月こもってバットを振る』などが定番です。そのノリでいろいろ試すのもありかもですね」

「いいねえ。雪希乃も海のなかで素振りしてくるといいよ」

調子よく言う六波羅蓮。雪希乃はツッコんだ。

「あ、あの、もうちょっと科学的根拠ってやつがあるべきだと思うわ！　それ、体に絶対よくないどころか、ただ危険なだけよ!?」

「スポ根史上に残る伝説の特訓だというのに、ぜいたくな娘ですねえ……」

戯言を語りながらも、梨於奈はあくまで理知的だった。

もはや『青い鳥』だった頃のやさぐれ感など、どこへやら。知性と優美さを完璧にあわせ持つ美少女として、お姉さまは思案顔になる。

「ていうかですね。雪希乃が特訓と言い出すまで全然考えていませんでしたけど。そもそも勇者の力って、どうすればレベルアップするんでしょうね？」

「う…………っ」

雪希乃は沈黙した。当の自分がいちばん知りたいことである。

とりあえず、左手から救世の神刀《建御雷》をすらりと抜き放ってみた。

白金色に燦然と輝く刀身はすらりと細いが、どんな刀剣よりも強靭であり鋭利。かつては抜くことすらできなかった神刀である。

「私の勇者としての力って——なんかトントン拍子に増えていってるから、どうすれば成長できるのか、いまいちわからないのよね……」

「ま、何も考えてなくても成長してる方がすごいとも言えますけどね」

「お姉さま、もうちょっと言葉を選んでほしいわ!?」

反駁しながら、雪希乃はあるアイデアを思いついた。

「そうだ六波羅くん。ちょっと協力してちょうだい」

と、柄ではなく、愛刀の輝く刃を両手で捧げ持つ。

そして、救世の神刀そのものを六波羅蓮の方へと差し出した。

「さっきのドリルの話じゃないけど、ちょっとチャレンジするのもたしかにいいかもだし。これで私に斬りつけてみて」

「え——僕が？」

珍しいことに、六波羅青年が唖然としていた。

ふだんから飄々（ひょうひょう）として、ある意味、物事に動じない人柄なのだ。

「本物の剣で斬りつけるのって、すごく危ないんじゃや……」

「大丈夫よ。本物の真剣白刃取り（しらはど）りを見せてあげるわ」

「いや、アストロ特訓のドリル話の肝（きも）は、そういうサーカスの曲芸みたいなものじゃなくてですね……。でも、純粋に見てみたくはありますね、真剣白刃取り」

「ふつう、できる人いないからね」

蓮も興味を持ったらしく、救世の神刀をまじまじと見つめた。

「ただ僕、剣道とか体育の授業でやっただけだよ？」

「かまわないわ。六波羅くんの運動神経なら、その程度の経験でもばっちりのはずよ。たぶん下手（へた）な剣道部員より、よほどいい打ち込みができると思うわ」

雪希乃は言った。

六波羅蓮とのつきあいも長くなってきた。

神裔ならざる常人としては、天才的な運動神経と身体能力の持ち主である。

またリズム感、体幹の強さもめったにいないほど卓越している。これらの資質、実は武道においても特に重要だった。ぱん、ぱんとパンチや突きで敵を打突する際、その速さやタイミングの巧拙を決めるのは、結局のところリズムなのだ。

そういう点では、たしかに六波羅蓮は得がたい逸材だった。

これで性格さえ寡黙なマジメくんなら、もうすこし、雪希乃が彼を見る目も変わるかもしれないのに――

「へえ。うれしいな、雪希乃に認めてもらえて」

「!?」

いつのまにか、蓮はにっこり雪希乃に笑いかけていた。

なかなか可愛い印象の、人なつっこい笑顔だった。二〇歳前後の青年としては、むしろあざといとも思える――。

が、反発を感じながらも、なぜか雪希乃はあせって言った。

「へ……変なこと言ってないで、ほら、早く刀を取って！」

「はーい」

てへっという感じで笑い、蓮は手をのばした。

そして、彼の指が神刀の柄にふれた刹那、その異変は起こった。

「うわっ!?」

「六波羅さん!?」

　蓮の指と接触した途端、救世の神刀《建御雷》は激しく放電した。

　白金色の刃からバチバチという火花と電光が放たれ、その直撃を浴びた六波羅蓮は盛大にふっとばされていく。

「あ痛たたたた……」

　腰を抜かした格好の蓮、右手をさすりながら苦笑する。

「なんだかすごいことになっちゃったよ」

「びっくりしたわ――。どうしちゃったのかしら、《建御雷》？」

「たぶん、魔王殲滅の勇者のみがこの刀を振るえる……。そんなところでしょう。たとえ勇者の許しがあっても、只人に使われることを拒否したんですよ」

　梨於奈はまじまじと神刀を見つめていた。

　白金色の刃は、いまだ雪希乃が両手で捧げ持つ状態だった。その柄を雪希乃は持ちなおし、左手のなかに納めていく。

「そう……。《建御雷》にも六波羅くんにも悪いことをしちゃったわ」

「大丈夫。僕なら全然気にしてないし、体もなんともない」

　ひどい目に遭わされたのに、チャラい青年は飄々と笑っている。

もしかして、思っていたよりも心の広い人なのかも。そう思ってしまい、雪希乃はなぜかどきりとした。

六波羅蓮の笑顔を、ちょっとまぶしく感じてしまった。


そして——

雪希乃はまったく気づいていなかった。

カンピオーネである六波羅蓮と、そのパートナーにして眷属の鳥羽梨於奈がひそかに念をやりとりし、情報共有している事実に。

『今のバチバチ。実際のところ、どれくらいの威力でした?』

『うーん。ふつうの人なら死んでたかもね。僕、あの刀に結構嫌われてるみたい。カンピオーネの体だから耐えられたというか……』

『救世の神刀が拒絶した理由、むしろ、六波羅さんが神殺しだから——』

『というのが本当のところかもね、たしかに』

『ま、ひきつづき正体を隠して、勇者さまとつきあっていきましょう。幸い、向こうは隙だらけのあわてんぼ娘。自力で気づく可能性は低いですしね……』

秘密の作戦会議をこっそり進める蓮と梨於奈。

魔王殲滅の勇者と神殺し一党の旅、まだこれからが本番であった。

……夜のとばりが降りてきた。

新たな勇者を乗せた船が碇を降ろし、航海を小休止とした頃。

一の島東部に広がる『なれはての砂漠』では、太刀の媛巫女こと清秋院恵那が晴れた夜空を見あげていた。

砂上に腰をおろし、傍らには日本刀を納めた鞘が転がっている。

ただし、恵那の相棒でもある刀は尋常のものではない。愛する草薙護堂から委託される形で共有する神器《天叢雲剣》である。

その身に神の御霊を呼び込んだうえで、神剣を振るう。

草薙護堂の仲間のなかで、恵那こそが武力において随一であるゆえんであった。

彼女は今、空を見あげて語らっていた。

「まあ、そう長居することにはならないと思うから、あの人のこと大目に見てよ。あまり悪さもさせないように気をつけるしさ」

ただし、人や物という形での話し相手は存在しない。

恵那はただひとり、天叢雲剣のみを連れにして、砂漠にいる。

そのまなざしはのんびり夜空を見あげており、またたく星々を相手に話しているようにも見える——が、まったくちがう。

砂漠の空そのものへ、恵那は話しかけていた。

「アイーシャさんは無害とは言いがたいけど、こんな住む人もいないようなところじゃ、悪さもそうそうできないだろうし」

『……………どうかな……』

砂漠を吹く夜風に宿る声を恵那は聞きとっていた。

英雄界ヒューペルボレアでは、人のみならず神々までもが海と空と大地を闊歩する。そして今、恵那の見あげる天空こそが神の現身であった。

空そのものが神――。

名づけるなら、天空を意味するヒューペルボレア語《デュウ》だろうか。

『…………汝らのおる人なき荒野へ近づく者がおる……。只ならぬ力をその身に宿した者たちが船を駆り……』

夜空より神の声が恵那にとどく。

神の御霊を宿す特異な巫女である清秋院恵那。もともと守護神のスサノオともこうして語らい、神々と親しくすることにも慣れていた。

だから平然と、なれなれしく天空の神に問いかける。

「ふうん。その人たち、アイーシャさんと揉めそうな感じなんだ？」

『…………そうならない理由の方がすくなかろう……。何故ならば、ひとりは……いまだ「最後の王」ならざる身ではあるが、魔王殲滅の勇者である……』

「へえ」

　短く答えた恵那だが、その眼光は鋭い。

　ついに来るべきものが来た。思わず天叢雲剣の鞘に手をのばす。

『…………また、すでに当地へ到来した者どもも、実にすさまじい……。あな恐ろしや、まさに末世の争乱となるであろう…………』

「者どもって、そっちも複数形？　いやあな感じ」

　恵那はため息をついた。

　アイーシャ夫人のいる遺跡を離れて、砂漠でひとりの夜を楽しんでいる。夫人の方は、今夜も《クシャーナギ・ゴードー》召喚の儀式に挑んでいた。

　ただし空はおだやかで、遠雷どころか雲もわずかしか見えない。

　何者も顕れる気配はなく、とても静かな夜であった。


　ただし——

　清秋院恵那と天空神の会話を聞きつける者はいた。

　彼女たちはべつにないしょ話をしていたわけでもないので、それはむしろ必然だった。近くを通りがかったら、耳に入ってきただけだった。

ただし、恵那の視界のなかには何人も存在しなかった。

尋常ならざる超越の存在である彼。救いを求める民の声を、地上のどこにいても聞きとる聴力があればこその奇跡であった。

「なるほど……」

彼はつぶやいた。

さて。連日連夜、あの魔女めが儀式を執りおこなっている。

それによれば、我が名は《クシャーナギ・ゴードー》であるらしい……。

「ふふ。我は当地にて、いかに振る舞うべきか……」

これも一興かという想いが込みあげてきた。自然と微笑していた。

3

なれはての砂漠——。

昔、ここにはゆたかな大河が流れ、水のゆたかな土地であったようだ。

大地にはその名残であろう深くて長い溝がいくつも走り、海辺までつづいている。きっと肥沃な平野でもあったはずだ。

しかし現在は、細かな白い砂が大海のごとく広がるばかり。

かつて緑の大地であったもの——。それゆえに『なれはて』であった。

電光と化したアレクサンドル・ガスコインは、その上空を存分に飛びまわり、砂漠の全貌をおおむね把握したところだった。

そして思わぬ人物を見つけてしまい、「ううむ」と頭をかかえたくなっていた。

砂漠の一隅に、古代の遺跡があった。

石造りの神殿があり、ステージにもなりそうな石の祭壇がある。

そのステージ上でひざまずき、両手を組んで天に祈る女性——知り合いだった。

アレクは電光化を解除して、神殿の屋根に飛び降りた。

相手に見つからないように身を低くしつつ、問題の女性をまじまじと凝視(ぎょうし)する。彼女は真摯(しんし)に祈り、可憐(かれん)な声を張りあげていた。

「天よ！　心あらば反運命の戦士《クシャーナギ・ゴードー》をお遣(つか)わしください！　わたくしアイーシャと共に戦う同志をどうかこちらへ！」

「……なんてことだ」

いつ以来だろう。消息を絶ったアイーシャ夫人との遭遇だった。

アレクは呆然とつぶやいてから、覚悟を決めた。

ここにいる以上、アレク配下の予言者が感じとった『すさまじき神気』と無関係とは考えづらい。ならば——

ひらりと屋根より飛び降りて、アレクは声をかけた。

「いつぞや以来だな、夫人。ここで何をしているんだ？」

「決まっています、アレクさん！　わたくしども反運命教団の守護者《クシャーナギ・ゴードー》を呼び出しているんですっ」

突然のアレク登場に驚きもせず、平然と即答してから。

今さらアイーシャ夫人はきょとんとした。しかし、口から飛び出す言葉は予想のななめ下をいくトンチンカンさだった。

「も、もしやあなたが《クシャーナギ・ゴードー》!?」

「…………絶対にそんなことはありえない。妄言は大概にしていただこう」

ばっさりアレクは切り捨てた。

「前に出くわしたときは、その教団とやらを立ちあげている真っ最中だったんだな。まあ、そのおかげもあって、ここヒューペルボレアは運命の陣営にとってはたいそう戦いづらい環境になっているそうだが――」

「運命の陣営っ。そう、そうなんですよアレクさん！」

今回は逃げるそぶりも見せず、アイーシャ夫人は詰めよってきた。

いつもよりテンション高く、勢いが尋常ではない。不穏かつ不吉だなと、アレクはひそかに警戒心を強めた。

「ついに魔王殲滅の勇者が降臨したそうです。このままではわたくしたち、また——」

「救世の勇者どのと対決することになる、か？」

「はい！　それどころか、あの悲惨な内輪揉めもまた繰りかえされるかも。だから《クシャーナギ・ゴードー》が世界には必要なんです！」

「参考までに訊くが、そいつはあなたが勝手にでっちあげた代物じゃないのか？」

興奮する夫人に、アレクは悩ましい想いで確認する。

「そして、訊くまでもない気はするが、元ネタはやはり草薙護堂……」

「ええ、そうです。ま、たしかに非実在キャラではあります」

はたして神殺しの魔女は、しれっとした顔で肯定してみせた。

「でも——反運命の気運がこれだけ満ちた今のヒューペルボレアなら、そういう存在が『ひょいっ』と顕れても不思議じゃない気もして……」

思わずアレクは瞠目した。

傍目には、おかしくなったとしか見えないアイーシャ夫人。

しかし、今の発言にはある種のしたたかさを感じた。彼女がおかしいのはたしかだが、それは錯乱などというものではなく——

（あるいは、カンピオーネとしての闘争本能、勝利をたぐり寄せる直感のような何かが暴走状態になっている……とも解釈できるのか？）

頭のなかでアレクは考察した。

それだけ運命という存在への敵意が肥大化しているのかもしれない。あらためてアイーシャ夫人を直視し、その顔つきをじっくり観察しようとしたとき。

——そよ風が吹いてきた。

ここは砂漠地帯ではあるが、熱暑とは程遠い。

あくまで冷涼、ときに寒冷なほどであり、吹いてきた風も徐々に強さを増し、寒々としていった。

びゅうびゅうと吹きつける風は、もはや烈風の域である。

そしてアレクは不意に『敵』の気配を感じとり、戦慄(せんりつ)した。心と体に戦うための力が滾々(こんこん)と込みあげてくる。

アイーシャ夫人も驚嘆(きょうたん)の表情を浮かべている。

「!?」

神殺しの敵。すなわち神の接近。

それを悟ったカンピオーネふたりの眼前で、風が渦巻いていく。

——びゅううううううううっ！

強烈なつむじ風はしばらく渦巻いたあと、唐突に消滅した。

吹きつける烈風もやみ、代わりに、アレクたちの前には少年が立っていた。小柄かつ細身で、そのうえ美貌でもある。

ボロ布じみた外套を着ているくせに、凜々しさと神々しさにあふれている。

十代なかば、おそらく一五歳程度ではないか――。

存在感ありすぎる美少年を目の当たりにして、まずアイーシャ夫人が愕然とした。

「あ、あなたは――!?」

旧知の相手であるようだ。対する少年は軽やかに言った。

「ふふふふ。今の我は《クシャーナギ・ゴードー》なのじゃろう？　あの男の代役として民を救い、庇護する者――」

にやりと淡い微笑を浮かべる。

東方の菩薩像を思わせるアルカイックスマイルのくせに、英雄の矜持と雄々しさが笑みと共にこぼれ出てきた。

少年の言葉に、アイーシャ夫人は喜色を浮かべる。

「た……たしかに、もってこいの代役さんです！　でも、いいんですか!?」

「呼ばれてしまったからな。是非もない。まあ考えてみれば、かつての騒動を通して、おぬしらとの間にいくばくかの縁ができていたのじゃろう……」

夫人と少年のやりとり。一方アレクは驚嘆していた。

「これは………」

ここまでの『格』を持つ者が到来してしまった。

おそらく神話世界の垣根、時空の狭間を飛び越えて。多元宇宙の融合が進み、ヒューペルボレアの外から〝ふさわしき者〟がやってきたのだ。

顕れた少年がいかなる存在か、アレクにはまだわからない。

しかし、おそらく――いくつかの推測と直感にまかせて、神速のカンピオーネはパチリと指を鳴らした。

どさっ。どさっ。

重量のある品物がふたつ、虚空から地面に落ちる。

「ほおう」

はたして少年は切れ長の目を細め、ふたつの品へと視線を送る。

アレクが魔術によって隠し、ひそかに携行していた神宝。英雄ラーマの持ち物であった鉄弓と矢筒である。

「なんともいわくありげな武具たちよ。どこで手に入れた、神殺し?」

「蛇の道は蛇だ。くわしくは言えん――が、よければ《クシャーナギ・ゴードー》氏に譲渡してもいいと思っている」

「本当ですか、アレクさん!?」

よろこぶアイーシャ夫人。アレクはうなずく。

「魔王殲滅の勇者と対決するために呼び出された存在なら、オレも神殺しのひとり。協力するのもやぶさかではない。それに……」

上辺だけなら、細身の少年でしかない《クシャーナギ・ゴードー》。

しかし、確信を込めてアレクは断言した。

「この武器を持つに値する『格』が――彼にはあるだろうからな」

「認めよう、そのとおりじゃと」

輝く美貌の少年は、悠然と宣言する。アレクは微笑した。

「なら決まりだ。この弓と矢筒の検分を終えたあと、どう利用できるかとあれこれ思案していたんだがな。使える者に託すのに若くはない。問題が解決して何よりだ」

これで〝別方面〟への対策に専念できる。

黒王子アレクサンドル・ガスコインは神速の使い手であり、神算鬼謀の策士でもある。持てる武器を全て駆使して、勝負に臨むつもりだった。

カンピオーネふたりと少年《クシャーナギ・ゴードー》。

彼らの立つステージ――祭壇の下には、実は清秋院恵那が座りこんでいた。舞台のような祭壇にもたれかかり、天叢雲剣(あまのむらくものつるぎ)の鞘をかかえて。

リラックスした姿勢でのんびりアイーシャ夫人を監視・護衛中だったのだが。

にわかに黒王子アレク、そして『草薙護堂の代役』まで現れて、出るに出られなくなっていたのである。

「うわあ……。とんでもない大事(おおごと)になっちゃったよ……」

呆然とつぶやく恵那だった。


――この日の昼前に、雪希乃(ゆきの)たちの帆船は一の島に到着した。

そこからは梨於奈(りおな)の独壇場だった。船を停泊させた海辺の土地に陣取って、陰陽道(おんみょうどう)の術と式神(しきがみ)を駆使し出したのである。

一の島中に『青い鳥』の式神を何千羽も送り込む。

鳥たちのおびただしい目を通して、島の地形や物の所在をたしかめる術だった。

捜索開始から一時間、じっとしていることが耐えがたい雪希乃は、ついお姉さまへ訊(たず)ねてしまった。

「それで、黒王子さんは見つかった!?」

「残念ながら、まだ。ただ――代わりにとんでもない人を見つけちゃいましたよ。『反運命教団』の創始者だろうと、わたしがかねてより予想していた女性です」

「って、アイーシャさんもこの島にいたんだ!?」

「あ。あの歌が上手くてライブする人たちね」

「胸騒ぎがするわね……」

不意に、六波羅蓮の左肩に人形サイズの女神が顕れた。

ステラは可愛らしい顔をしかめて、いまいましげに相方へ訴える。

「蓮、気をつけなさい。教団のことといい、あの曲者女のやり口が以前と明らかにちがってい るじゃない？　どうも胡散くさいのよね……」

「女神の勘ってやつか。肝に銘じとくよ」

蓮はウインクして礼を言った。そして、つぶやく。

「厩戸の太子さまからの依頼、まだつづいてるんだよね。アイーシャさんを見かけたら、どうにかして『屍者の都』へ連行してほしいって。あの人の存在が多元宇宙ってやつを大混乱させてるからなあ……」

「どういうこと、六波羅くん？」

「僕もくわしくは知らないけど。あの人の権能が暴走した結果、いろんな世界が空間歪曲っていう穴だらけになってて。それがいきすぎると世界の陸地がどろどろに溶けて、《混沌》というのに変質しちゃうらしいよ」

「――――！」

蓮からの回答に、雪希乃は絶句した。

そう、《混沌の海》。物部雪希乃の故郷であるユニバース966を崩壊させつつある元凶であった。その発生源が近くにいる！

「だったら是非、そいつを捕まえなくちゃ！」

「ま、めったに遭遇できないレアキャラでもありますしね……」

梨於奈も覚悟を決めたらしい。

みんなを近くに呼びよせて、《飛翔術》を使う。雪希乃、蓮とステラ、梨於奈たちは青い光につつまれて、天空へと飛び立った。

一の島東岸から『なれはての砂漠』を西へと横断する飛行。

まもなく砂漠が終わるというあたりに、その古代遺跡はあった。

石造りの屋根を円柱群が支える神殿。神事を執り（と）おこなうための舞台であろうステージも広々として、神韻（しんいん）に満ちた聖域である。

……アイーシャ夫人はひとりでステージ上にいた。

驚いたことに、いきなり着陸した雪希乃たちを見ても驚かず、むしろ待ちかまえていた体（てい）で昂然（こうぜん）と語りかけてくる。

「よく来ましたね、魔王殲滅の勇者さん！　あと、どうしてかいっしょにいる六波羅さんと梨於奈さん！」

「んー……アイーシャさん、ずいぶんとノリが変わったね？」

まず、六波羅蓮が不思議そうに声をかけた。

「最後に会ったときは『先輩』といっしょだったけど、あれから何があったの？」

「そうですよ。こんなに積極的なのは、らしくありません。あくまで無意識に、宇宙レベルの迷惑行為を繰りかえすのがアイーシャさんのスタイルじゃありませんか？」

梨於奈も口添えする。

しかし、当の貴婦人はおごそかでさえある口ぶりで答える。

「わたくしは使命にめざめたのです。運命の軛（くびき）より全世界と全人類を解放し、真の自由を人々に分けあたえるという――」

「何を言っているの！」

すかさず雪希乃は割り込み、反発した。

「運命執行こそが多元宇宙の秩序（ちつじょ）維持のために必要なもの。むしろ神殺しであるあなたの存在が多くの世界を苦しめ、崩壊にまで追い込んでいるそうじゃない！　おとなしく逮捕されて、いっしょに『屍者の都』ってところについてきなさい！」

飛行中に蓮と梨於奈から、かいつまんだ事情を聞いた。

アイーシャ夫人という神殺しと、それを憂慮（ゆうりょ）する聖王の存在を。

「なんか聖徳太子（しょうとく）さまと同じ名前の人が、どうにかしてくれるそうよ！」

「わたくしもいったんは、世界のために我が身を犠牲にすべしと考えました。でも、それこそがまちがいだったのです！」

別人のように熱く、熱血調のセリフをアイーシャ夫人は叫んだ。

「神殺しのひとりとして《運命》と対決し、さらには反運命の戦士《クシャーナギ・ゴードー》と共に最後まで戦い抜く――。そのためにわたくしの封印は解かれ、現世にもどってきたのでしょうっ。万歳、クシャーナギ・ゴードー！」

「バカを言いなさい、傍迷惑女！」

ステラが罵声で割り込んだ。

「それ、あの地味男を元ネタにでっちあげたやつでしょう!?　なのにいけしゃあしゃあと実在する神か御神体のようにぶちあげて――」

「浅はかですね、ステラさん。クシャーナギ・ゴードーはここにいらっしゃいます！」

言い切った瞬間に、風が吹いてきた。

はじめは砂漠を渡る微風。すぐに疾風となり、やがてうずまく強風となった。そのつむじを巻く風のなかに細身の少年がいる。

輝く美貌に微笑を浮かべ、肩までとどく黒髪が風で揺れている。

うすよごれた外套をまとうくせに、神々しい英雄の覇気をみなぎらせる。

「ふふふふ。鳴り物入りで呼ばれたからには、芸でも見せてやらねばな！」

少年は雄々しく言霊を唱えた。

「鋭く近寄りがたき者よ！　契約を破りし罪科に鉄槌を下せ！」

「な──!?」

六波羅蓮が愕然とした。

「それってたしか草薙先輩の──!?」

オオオオォォォォォォォォォオンンンンンンンンンッ！

雷鳴を数百も重ねたような咆哮が地底より地上に轟いてきた。そして砂漠の大地を突き破って、巨獣が空へと飛び出してもきた。

全長二〇メートル以上はあろう、漆黒の巨大なイノシシであった。

「やっぱりこいつだ！」

「草薙さんの分身、イノシシくんじゃないですか!?」

蓮と梨於奈がそろって身がまえた。

4

巨大イノシシの体軀は、筋肉という筋肉が異様に盛りあがっていた。

魁偉なほどの巨体であり、漆黒の毛皮によって全身もふもふとしている。しかし可愛い小動物などとちがい、面構えもうなり声もおそろしく獰猛だった。

——オオオオォォォォォォンンンンンッ！

咆哮がとどろくだけで、大気がぶるぶると震えた。

少年クシャーナギ・ゴードーは高々と跳躍して、巨大イノシシの頭上にあっさり跳びうつってしまった。

非凡な身軽さを見せた少年の声が地上に降ってくる。

「さあ！　我の送り出す先鋒、どう迎え撃つ⁉」

「こんなのが切り札じゃなくて手下の第一弾、鉄砲玉だっていうの⁉　もうっ。とんでもないのと出くわしちゃったわね！」

雪希乃は左手から、救世の神刀《建御雷》を引き抜いた。

燦然と白金色に輝く刃を見おろして、クシャーナギ・ゴードーは微笑む。

「ふふふふ。救世の剣とはなつかしい……」

「これも承知の上ってわけ？　相手にとって不足なしよ！」

言い切るなり、雪希乃は一息に飛びこんだ。

大敵と見て、わずかでもひるんだら最後と悟ったのだ。

巨大すぎる敵への、あえての先制攻撃。雪希乃は救世の剣を横薙ぎに繰り出し、イノシシのおそろしく太い左前肢に斬りつけた。

――切り結ぶ太刀の下こそ地獄なれ。踏み込みゆけば、あとは極楽――。

剣豪・宮本武蔵の教えである。剣術と実戦においては及び腰で戦う方が悪手であり、むしろ臆せず前に出ていく方が傷つきにくいのである。

……しかし、剣士ならざる巨大イノシシにはやや安直すぎた。

「きゃあああああっ!?」

雪希乃の見舞った斬撃に、イノシシは前肢を一振りした。

斬りつけてきた勇者と神刀を、まとめて豪快に蹴っとばすという返し技。黒い毛皮は尋常でない硬さで、神刀の刃でも傷ひとつつかなかった。

悲鳴をあげながら、雪希乃は数十メートル後方にふっとばされた。

尻もちをついて倒れこみながら、さらにゴロゴロと転がる羽目になった。

それでも無傷であるのは、救世の神刀から放たれる加護の光が雪希乃の全身をおおい、守ってくれているからだ。

そこへ、頭に少年を乗せたイノシシが駆けてくる。


オオオオオォォォォォォォォォンンンンンンンン――――ッ！

大音声で吠えながら、イノシシは右の前肢を踏み降ろしてきた。

四本の指と踵ふたつを持つ偶蹄目の足で、ちっぽけな雪希乃の体を押しつぶすつもりだったのだろう。

しかし怪獣同然の巨体に踏まれても、雪希乃はみごと守られていた。

「ありがとう、《建御雷》！」

今もぎしぎしとイノシシに踏みつけられている。

だが、救世の神刀より付与された加護の光は堅牢無比。しっかりと雪希乃を守る天蓋となって、小揺るぎもしない。

というのも——雪希乃はささやいた。

「……感じるわ。羅濠さんと戦ったときと同じ。今この地には三人もの神殺しがいて、私のパワーは自然と高まっている——」

対峙した魔王の数だけ、力が増していく。

これこそ《盟約の大法》。魔王殲滅の勇者を至高たらしめる秘力。体の奥底から込みあげてくるパワーのおかげで、神刀の加護も強化されていた。

ならば、次は攻撃に使うまで！

「てやああ————あああああああああっ！」

気合い声と共に、神刀を大上段から振りおろす。

今度はイノシシを狙わず、素振りだった。しかし刀身からは白金色の稲妻がほとばしり、魁偉な巨獣を豪快にふっとばした。

「ほお……!?　救世の雷か！」

「さっきやられた――お返しよ！」

イノシシの頭上で少年が目を瞠り、雪希乃は勝ちほこった。

全長二〇メートル以上もの巨体を丸ごと呑みこむほどに極大の稲妻で押しかえし、その衝撃と灼熱で存分に灼き、打ちのめしてみせた。

――ンオオオオォォォォォォォンンンンンンンンッ！

ちょっと泣きそうな声でイノシシが吠えた。悲鳴かもしれない。

雪希乃は調子づいて、追撃を放とうとした。

「私は剣神タケミカヅチの生まれ変わりで雷の申し子！　電撃ビリビリくらい、お手のものなんだからっ！」

「……そのようだな。なれば、こちらも次の芸じゃ」

少年クシャーナギ・ゴードーがふっと微笑していた。

雪希乃はハッとした。今まで彼は巨大イノシシの頭上にいた。だが、この一刹那で騎乗する獣が変わっていた。

虚空に浮かぶ黒山羊の背に、少年はまたがっている――！

その彼と騎獣めがけて、ふたたび巨大な稲妻が神刀より放出された。

しかし——

「……稲妻よ。我は百の打撃を以て千を討つ者なり。光り輝き、我に尽くせ！」

クシャーナギ・ゴードーは言霊を唱えた。

乗騎である黒山羊も、ひどく賢げな目つきで『メェェェェ……』と鳴いた。

直後、両者は雪希乃の雷撃に呑みこまれた。しかし、極大の電熱が彼らを灼くことはなく、電光を浴びながら少年はさっと手を一振りした。

——途端に、数百もの雷霆が降ってきた。

雪希乃の放った極大電撃が細かな電光となって、地上へと落ちてきたのだ。もともとの攻撃者である雪希乃自身を灼き滅ぼそうと。

「ど、どういうこと!?」

「くくくく。稲妻を操るのなら、このくらいはやってみせよ」

クシャーナギ・ゴードーがほくそ笑み、黒山羊は『メェェ……』と鳴く。

すると砂漠の空にいきなり黒い雷雲が立ちこめ——

次々と稲妻が降ってくる！　雪希乃の頭上にも、誰もいない場所へも、ひっきりなしに落ちてくる！

「ううううっ。言いたくないけど、私よりすごいかも……！」

思わず雪希乃は弱音を吐いた。

しかし、へこたれはせず、念を送る――。

いきなり戦闘開始となったとき、アイーシャ夫人や六波羅蓮、それに鳥羽梨於奈はいったん戦場を離脱したのだ。

大暴れするイノシシに踏み潰されないよう、大慌てで全力疾走して。

「お姉さま、スーパーサイヤ人の法をやりましょう！」

『それがですね。今日も諸事情あって使えなくなりました……。あと、この件とは関係ありませんが、六波羅さんがいつのまにか行方不明です――』

「ええっ!?」

離れたところにいる梨於奈の念を受けて、雪希乃はあせった。

あれこれと変幻自在の能力を見せる《クシャーナギ・ゴードー》。その強さを前に、謎のパワーアップ呪法に期待していたのである。この間、羅濠教主との決戦でも最後のだめ押しになってくれた秘法なのだ。

『とにかく、気持ちを切りかえましょう！』

自分と雪希乃に発破をかけるように、梨於奈は伝えてきた。

『私もすぐに加勢しに行きますから、もうすこし持ち堪えなさい！』

「わかったわ！　飛び道具で勝ち目がないなら――やっぱり剣しかないわね！」

救世の神刀《建御雷》を上段に構える。

火の構えとも呼ばれる。捨て身の攻勢に出るための備えである。

——直後、雪希乃の体は空中にあった。それも空飛ぶ黒山羊にまたがったクシャーナギ・ゴードーのすぐ眼前に。

傍目には、瞬間移動したように見えただろう。

だが実際は、助走する・踏み切るなどの予備動作を一切抜きに跳躍したのである。それも距離にして三〇メートル以上を跳んで、空の高みに躍り出た。

閃光さながらの速さであったがゆえに、消えたと見えただけなのだ。

少年はすでに神刀の間合いの内。これなら——いける。

「イヤアアアアアアアアアアッ!」

「ほほう、よい太刀筋じゃ!」

裂帛の気合いと賞賛の言葉。

しかし、空の高みで上段の剣を振りおろした雪希乃、目を疑った。声はすれども少年クシャーナギ・ゴードーが消えてしまっている。

びゅう! 一陣の強風が駆け抜けていった。

雪希乃の一太刀はまさに、その風を斬りつけたところだった。

いかに剣神の申し子といえども、実体のないものまでは断ち切れない。

強風はうずまく旋風となり、雪希乃の背後でびゅうびゅうとうなる。まるで今の斬撃を嘲笑うかのように。

「わ、私ってば翻弄されちゃってる!?」

高々と跳躍した雪希乃、弧を描く軌跡でみごと地上に降りてきた。

あざやかな着地。しかし内心は屈辱でいっぱいだった。雷の撃ち合いになれば圧倒され、剣を振るえばいなされる。

こうも多彩な戦法をめまぐるしく駆使する――。

初めて対峙するタイプの敵手。苛立ちにまかせて、雪希乃は叫ぶ。

「さっきからごまかすように変身ばかりして！　そろそろ正々堂々の正面対決をしたっていいんじゃないかしら!?」

「ふむ……。では、これなど使ってみるか」

十数メートル先に、クシャーナギ・ゴードーが少年の姿で現れた。

その左手が握るものは――黒き鋼鉄の弓。右足のそばには、漆黒に塗った木製の矢筒が置かれている！

「せっかく借り受けたものじゃ。せいぜい役立てねばな」

「それ、私の――！　まさかあなた、黒王子さんとも手を組んでるの!?」

「ご名答じゃ。我を呼び出した魔女とあの男、神殺し同士で意気投合してな。さて、只ならぬ由緒を持つであろう弓と矢筒……実によきものじゃ」

「当たり前でしょう！　私が剣の先生から授かった宝物よ！」

憤慨する雪希乃を前に、少年は楽しげに鉄弓を見つめた。

すぐに微笑し、納得した顔つきで言う。

「なるほど。大英雄ラーマ太子ゆかりの武具か。みごとなわけじゃ」

「――！　見ただけでそこまでわかるっていうの!?」

「無論じゃ。我は最強にして、全ての障碍を打ち破る者。叡智の剣を授かりし者。千の目を持ち、常に真実を見破る者……」

少年は黒い矢筒に向けて、右手をのばした。

矢筒からは当然のように白銀の矢が出てきた。その銀の矢羽根をつまみ、鉄弓の弦につがえて、やすやすとひきしぼる――。

白銀の鏃は、もとの持ち主・物部雪希乃に向けられた。

雪希乃が《スーパーサイヤ人の法》なしでは使用できない弓矢を、クシャーナギ・ゴードーはあっさり使いこなした！

「どれ。まずは試しの一矢といこう……」

少年のつぶやき。雪希乃は恐怖に圧倒された。

いくら《盟約の大法》でパワーアップしたとはいえ、あのすさまじい威力の弓矢に今の自分で耐えきれるのか――。

自信がまったくない。あれは桃太郎先生にとっても切り札だったはずだ！

「雪希乃！」

そのとき、なつかしい青い鳥が飛んできた。

アオカケス。お姉さま・鳥羽梨於奈の変化した姿だ。

その青い鳥が弾丸のように雪希乃にぶつかってきたかと思うと、次の瞬間、雪希乃はお姉さまといっしょに飛翔していた。

ただし、梨於奈はもう金色の八咫烏に変化していた。

両翼を広げれば、さっきのイノシシにも負けない巨軀の霊鳥――。

日本神話中の〝火の鳥〟にして太陽の精である。その体内に雪希乃は取りこまれ、お姉さまに保護された格好だ。

「あ、ありがとう、お姉さまっ！」

『ここはいったん戦線離脱して、立てなおしますよ！』

梨於奈の思念とあせりが伝わってきた。

『最初、草薙さんに似てるのが不思議で静観してたら、次々とトンデモない技を繰り出してきて――無茶苦茶にバケモノ級の軍神じゃないですか！』

「あ、あの子、神様だったのおっ!?」

『だあっ！　神の末裔なんだから、その程度のこと自力で気づきなさい！』

少女ふたり、やりとりする間に何度も爆発が起きていた。

稲妻にも等しい速さで飛翔する八咫烏——。これを射落とそうと、背後より次々と白銀の矢が飛んでくるのだ。

自身に矢が迫るたび、八咫烏＝梨於奈は右へ左へ避けてみせた。

巨鳥でありながら、ツバメを思わせる身軽さで空中ターンを繰りかえす。みごとな飛翔の妙技であった。しかし。

避けた刹那に白銀の矢は爆発し、八咫烏の体をふっとばし、安定を失わせる。

そこを狙って、次々と追撃の矢が飛んでくる——！

『雪希乃以上に大英雄の弓と矢を使いこなしてますよ！』

「そ、それは言わないでお姉さま！」

軍神クシャーナギ・ゴードーの射る矢より、梨於奈は必死に逃げつづけた。

すでに砂漠地帯を抜けるほど遠方まで来ても、まだまだ矢は飛んでくる。一瞬たりとも気を抜けない逃避行となった。

それでも、どうにか追撃をしのぎ切った頃——

不死の霊鳥であるはずの八咫烏も疲労困憊し、青息吐息でゆっくり飛ぶ以外にできなくなっていた……。

そして、いつのまにか消息を絶った六波羅蓮はといえば。

「どうして砂漠の地下にこんなものがあるんだ……？」

おそらくは『地下迷宮』の内部なのだろう。

蓮は迷路をさまよいながら、呆然とつぶやくしかなかった。

あちこちに松明（たいまつ）の明かりがあり、真っ暗闇ではない。通路はいりくんでおり、ときどき広間などもある。扉を開ければ小部屋もある。

「うわさに聞いたクノッソスの迷宮、ミノタウロスでもひそんでいそうな場所ね……」

左肩に腰かけたステラはいまいましげだった。

すこし前まで地上にいた。巨大イノシシと戦う雪希乃を《時間凍結の魔眼》で援護しようとしていた。

ついに魔眼を発動させた瞬間、蓮自身の時間が止まった――。

蓮の凍結した体を何者かが一瞬で地中に引きずり込んだ。生き埋めにするつもりなのかとあせっていたら、この地下迷宮に放り出された。

何をされたのか、まったくわからない。初めての経験だった。

だが、誰の差し金かは、おおむね予想がついていた。

「ねえ――！」

とりあえず、迷路の天井へと蓮は叫んだ。

「これってやっぱり、アレクの仕掛けた罠ってこと⁉」

『……ほう。気づいていたとは勘がいい』

天井というより、もっと『上』の方から声が降ってきたように蓮は感じた。

まちがいなくアレクサンドル・ガスコインの声である。

『先ほど、おまえの相棒がクノッソスの名前を出していたな。なかなか鋭い。いかにもこれはミノス王の権能をもって創りあげたもの――』

「うわ。あの色男、よりにもよって迷宮造りの権能なんか持ってたのね……」

あきれたようにステラがささやいた。

「ほかにもっと使いやすい力があるでしょうに。蓮、あいつ相当なひねくれ者よ。あなたたち神殺しの権能って、本人の性格にだいぶ影響されるようだから――」

『まあ、何とでも言え。今回、勇者の相手はほかに当てができたのでな』

降ってくるのは声のみ。アレクの姿はまったく見えない。

今、六波羅蓮は黒王子の掌中で転がされているも同然なのだ。

『前回いいようにしてやられた返礼をしたいと思い、おまえを別荘に招待した次第だ。仕込みの時間もたっぷりあった。かなり楽しませてやれるだろう』

「どうせだったら、遊園地に招待の方がよかったなあ」

『なに、似たようなものだ。単にアトラクションで死ぬかもしれんというだけで。期待していてくれ——六波羅蓮』

アレクサンドル・ガスコインからの、不敵かつ人を喰った挑戦状。

ひさしぶりに自分自身が窮地に追い込まれたと悟り、蓮は肩をすくめ、どうにかして脱出しなくてはと決意した。

幕間3 ―― interlude 3 ――

◆清秋院恵那、思わぬ成り行きに出来心を起こす

「まさか、あの、あの神様がうちの王様の代役で来るなんてねえ……」

激闘を見守りつつ、恵那はつぶやいた。

今まさに少年の姿をした《クシャーナギ・ゴードー》と、新たな魔王殲滅の勇者が対決をはじめたところであった。

クシャーナギ・ゴードーは変身を繰りかえし、少女勇者を翻弄している。

勇者を補佐するパートナーも高校の制服を着た女の子で、

「最近の勇者業界はきちんと男女平等の方向に向かってるんだねえ。感心感心。ダイバーシティって大事だもんね」

と、ある種のんきな感想を口にしていた。

戦場は石造りのステージの上。その広い壇の下から、一応の護衛対象であるアイーシャ夫人

は手に汗にぎって戦いを見守っている。

が、その身に危険がおよぶこともなさそうだった。

なので恵那はリラックスして、石の神殿の屋根から観戦していた。

魔王殲滅の勇者VS.反運命の戦士クシャーナギ・ゴードー。

なんとも異色な戦いだ。どちらを応援するということもなく、恵那はフラットな気持ちで見守っていたのだが。

「え――――っ？」

クシャーナギ・ゴードーが弓と矢筒を呼び出したあと、心底びっくりした。

どこかの剣神と縁があるらしい少女勇者は、このとき恵那にとって、無視できない発言をしたのである。

そういう事情であるのなら。恵那はふところから霊符を取り出した。

ちょうど霊鳥・八咫烏が少女勇者を取りこんで、必死の逃避行をはじめていた。

その背中や双翼、尾羽に向かって、クシャーナギ・ゴードーの放つ白銀の矢が次々と弧を描いて飛んでいく。

八咫烏はせわしなく左右上下に動き、ぎりぎりの回避をつづけていた。

これなら好都合。恵那はすっと霊符を投げた。清秋院家の呪術によって仕立てた式神の符はそのまま消え失せる。

逃げる八咫烏の羽毛のなかにもぐりこませたのだ。

おそろしく鋭敏そうな霊鳥も、あそこまで追いつめられていたら、さすがに恵那の式神には気づかなかった。

あとは報せを待って、動き出せばいい——。

少女たちの逃走が上手くいくことを、恵那はとりあえず天に祈った。何しろ彼女たちの敵は神、なので、神頼みする相手も選ばないといけないのである。

第四章　享楽の申し子は奈落をさまよい、運命の御子に覚醒の時きたる

1

「でも、どうやって地下迷宮に引きずり込まれたのかが謎なんだよね……」

六波羅蓮（ろくはられん）はつくづくとぼやいた。

迷宮の細い通路を歩きつつだ。たまに二股、三つ股の分かれ道、さらに十字路などもあるから厄介（やっかい）だった。

そのたび適当に道を選んで、とにかく前へと進んでいる。

もう自分がどこを歩いているのかも把握していない。この迷宮、壁も床もレンガを積みあげたもので、相当に手が込んでいる。人力のみで工事するなら、ピラミッドばりに完成まで数十年はかかるだろう。

すさまじい建築物の内部を、蓮は当てもなく歩くしかなかった。

「地上でイノシシくんに魔眼を使ったら、逆に僕自身が凍結した——でいいのかな?」

「そのとおりよ。あのとき蓮は自分で自分の時を止めていたわ」

左肩にすわる相方、ステラが認めた。

やはり美と愛の女神。この手の事象には彼女の方が鋭いのだ。

「外に出したはずの『時を止める力』がそのまま蓮自身に跳ねかえってたわね。短い間だけ止めるつもりで仕掛けたのが幸いして、すぐに回復できたのよ」

「跳ねかえってきた、か……」

柄にもないことだが、蓮は深く思案した。

「もしかして、アレクも『カウンター』を使えるのかな?」

以前、六波羅蓮が重宝していた第一の権能。

女神ネメシスより簒奪した《因果応報》。我が身に加えられた攻撃や呪詛を溜めて、ここぞというときにカウンターの一撃として解きはなつ。

先輩・草薙護堂の『白馬の化身』とやらも、カウンター攻撃に使ったことがある。

「でも、それができるなら……」

蓮は不審な点をつぶやいた。

「なんで前回、アレクは僕の魔眼にやられたんだ?」

「何か発動の条件があるのかもしれないわね。ほら、あの地味男の『十の化身』もそんな感じじゃない？」

「たしかに草薙先輩、いろいろ言ってたもんね」

「とにかく蓮の時間が止まったあと、素性（すじょう）のよくわからない神霊が足下に来て、蓮を大地に引きずり込んでしまったのよ」

「そいつもアレクの手下か何かなんだろうなあ……」

「まちがいなく眷属（けんぞく）だわ。蓮にとっての鳥娘と同じ」

「ってことは、相当に手強（てごわ）いわけだ」

ステラといっしょに状況を整理して、蓮はため息をついた。

神々、カンピオーネとの対決は何度も経験済みだ。だが、こうも訳のわからない戦いに引きずり込まれたことは初めてだった。

「これがアレクの本気か……。ほんと、カンピオーネって人たちは底が知れないよ」

当てもなく迷路内をさまよう蓮。

今までは、おとなが横に三人もならべば、空きスペースがなくなるほどに狭い通路を進んでいた。が、いきなり開けた道に出た。

迷路ではなく、地下街という趣（おもむき）の広いスペースだった。

だだっ広い空間がずっとつづき、壁には一定間隔ごとにドアがならぶ。

大きな地下鉄駅のショッピングゾーンにも似ている。狭い迷路にうんざりしていた蓮は開放感を覚えた。

「へえ！　こんなところもあるんだ！」

「扉を開けたら怪物が待っていた――なんて、ないでしょうね……」

さっきはミノタウロスの名前を出したステラ。

不気味そうにつぶやいている。彼女の見つめるドアは重厚な木製で、錠前のようなものはついていない。

蓮は意を決して、手近な扉に向かっていった。

「ちょっと蓮！　何をするつもり⁉」

「迷路をうろうろするだけってのも退屈だし、遅かれ早かれ何かの罠は出てくるだろうから――ちょっと試してみるよ」

がちゃり。ドアノブに手をかけ、回してみた。

扉の向こうは、宴会でも開けそうな広間であった。

ただし家具の類は皆無だ。大理石の柱に見栄えのよい紋様が彫刻されていたりして、殺風景ではなかったが。

ミノタウロスどころか、人っ子ひとりいなかった。

「ははは。一安心だ」

「待って！　あれを見なさい、蓮！」

左肩のステラが地面を指さした。

野球ボールほどの黒い球体が転がっている。しかしボールではない証拠に、やにわに膨張(ぼうちょう)をはじめた。

漆黒(しっこく)の球体は、あっというまに直径五メートルほどに達した。

――ぶうんっ！

球体が異音を発するのと同時だった。ステラを肩に載(の)せた蓮、そのスリムな体がいきなり浮きあがり、引っぱられ出したのである。

黒い球体めがけて、すさまじい吸引力で！

六波羅蓮とステラが球体のなかに吸いこまれる寸前で――

「止まれ時間！」

蓮の左目より、虹色の光彩が放たれた。

黒い球体の時間凍結に成功し、こいつの発した吸引力も途絶える。浮きあがっていた蓮の体も、すとんと落下する。

みごと着地を決めたところで、蓮はアレクの声を聞いた。

『できるだろうとは予想していたが、やはりそうか。オレたちカンピオーネの使った権能もそうやって凍結し、発動を止めてしまえるわけだ』

迷宮の天井から降ってくる〝天の声〟に、蓮は大声で訴えた。

「このボール、アレクの!? びっくりするじゃないか!」

『驚かせるために仕掛けたのだから当然だ。《貪欲の魔球》という。名前どおりの欲しがりでな。何でもかんでも吸いこんで、我がものにしようとする困ったやつだ』

「吸いこまれたら、どうなっちゃうのさ!?」

『そこは是非、自分で実体験して、たしかめてくれ』

アレクはしれっと告げてきた。

『どれ。今、その魔球にオレの力を注ぎこんで、時間凍結を解こう』

「――――!?」

宣言されて、蓮は追いつめられたことを悟った。

『前回揉めたときに、それが可能なことはすでに検証済みだからな。オレ自身だけでなく、オレに仕える眷属の時間凍結も解除できると』

「そういえば、そんなこともあったよね!?」

あせる蓮。ほくそ笑むアレクの声が追い打ちをかける。

『ふふふふ。再起動したら、また遊んでやってくれ』

「冗談じゃないわっ。蓮、この部屋を出ましょ!」

「了解!」

左肩のパートナーに請われて、軽快に室内から走り出る。

地下街のようなスペースをそのまま蓮は疾走し、時間凍結中の《貪欲の魔球》から十分に距離を取ろうとして——

唐突に、首筋の裏がひりつくように感じた。

その瞬間、蓮は迷宮の地面に身を投げ出していた。すると、コンマ数秒前まで六波羅蓮の首があったあたりを鋭利な刃(やいば)が通過していく。

死神が持つような大鎌を、何者かが振りまわしてきたのだ。

そう——快走する蓮の背後から。

そいつは迷宮の壁から、前ぶれもなく『ぬうっ』と抜け出てきて、みごとに大鎌を操り、首を刈ろうとしたのである。

獣じみた直感が危機を告げてくれたからこそ、回避できた。

蓮は地面を転がりながらもあざやかに身を起こし、襲撃者の追撃にそなえた。

「今のは!?」

「あの色男の眷属だわ！　この間、海に出てきたやつ——さっき蓮を地面に引きこんだのもこいつよ！」

サイズとしては、人間と大差ないだろう。

背中の開いた女物のガウンをまとっている。しかし、その背には真っ白な鳥の両翼が生えていて、しかも下半身は大蛇の胴体であった。

蓮とステラに背中姿のみを見せて、その女妖は壁のなかに消えていく――。

「あのお姉さん、どこにでも入っていけるのか！」

『そんなようなものだ。ただ、恥ずかしがり屋なのが玉に瑕でな。相手になってやれる時間はあまり長くない。そこは了承してくれ』

またしてもアレクからの〝天の声〟だった。

蓮はぞっとした。むしろ、真正面から襲ってくる方が対処しやすい。現れては消えて、不意打ちを繰りかえされる方が恐ろしい。

いつかは防ぎきれなくなって、首を刈られる時が来る――。

『ともかく、当方は最高のもてなしを用意した。楽しんでもらえれば幸いだ』

「こんな感じでじわじわ僕をいたぶって、そのまましとめちゃうつもりなのかな⁉」

『いや。オレはほかのカンピオーネどもとはちがう。そういう野蛮な真似はせん。ただ……貴様はなかなか、いや、相当に厄介なやつだ』

おそらく、アレクはにやりと微笑しているはずだった。

一向に姿を見せない大敵の表情、蓮はやすやすと想像できた。

『前回の礼をするにしても、あせるべきではないと考えてな。特別仕立ての別荘に招待して、おまえの能力の全てを丸裸にしたうえで、どう始末をつけるか決めようという方針なのだ。ゆっくりしていくといい』

「この別荘、水とか食料がどこにもなさそうだよ!?」

『たしかに備蓄はない。必要なら自力で用意してくれ』

にべもない、アレクからの通告だった。

蓮は舌を巻いた。今まで会ってきたカンピオーネの誰ともちがい、黒王子アレクは搦め手、奇策をいやというほどに仕掛けてくる。

蓮自身も他人を煙に巻くのが得意な方だと自任している。

しかし、アレクは遥か上を行く。そして、したたかだ。六波羅蓮の眼前に現れない――これほど完璧な魔眼対策はないだろう。

まだ蓮は《時間凍結の魔眼》の全貌を見せていない。

カンピオーネ相手の直接対決では、そこが必ず勝敗を分かつ鍵となるはずだったのに、まさかの攻略法であった。

そのうえ、地上にいるはずの梨於奈と交信できない。

いつものように念をやりとりできず、権能《翼の盟約》が機能していなかった。前に羅濠教主の結界空間に閉じ込められたときのように。

これもおそらく、迷宮の権能とやらの効果なのだろう。

「こりゃあ気合い入れてかないと、弄ばれるばかりになるぞ……」

滅多にない真剣さで、蓮はぼそりとつぶやいた。

2

鉤爪諸島、一の島。

ほかの島々とくらべて極端に人口はすくなく、荒涼かつ閑散とした砂漠や荒野、岩だらけの禿げ山といった地形が多い。

しかし禿げ山ばかりの連峰のなかに、珍しく緑の木々でおおわれた山があった。

青息吐息でへろへろ飛んでいた八咫烏＝鳥羽梨於奈は、その山中深くを流れる渓流に目をつけ、ゆっくり降下していった。

ちょうど小さな滝もあったので、滝壺近くに降り立つ。

地面を踏みしめたときにはもう霊鳥・八咫烏の姿ではなく、制服を着た高校生女子にもどっていた。

すぐそばに、物部雪希乃も制服姿で現れていた。

「お姉さま、大丈夫!?」

「ど、どうにか。ひさしぶりにさんざんな目に遭いましたよ……。まさか、このわたしを狩りの獲物として狙ってくるモンスターハンターがいるなんて——」

ぜいぜいと息を荒らげる梨於奈に、雪希乃はよりそった。

命からがらの逃避行のせいで、お姉さまの目の下にはくっきり隈ができていた。尋常でないほどに疲労した彼女を、雪希乃はすぐ近くの岩にすわらせた。

それから、雪希乃自身は――救世の神刀を抜いた。

「な、何事ですかっ？」

「今度は、私がお姉さまを守る番みたい。実はずっとくっついてきたやつがいて、気になっていたの。そのお姿にもどったときに離れて――」

説明しつつ、雪希乃は尾行者を見やった。

霊鳥・八咫烏の羽毛にまぎれ、ここまでついてきた。梨於奈が女子高校生の姿にもどったときに離れたもの。

視線の先には、白いツグミが常緑樹の枝に止まっている。

この可愛い小鳥に、救世の神刀を向けた。

ばちん！

切っ先より走り出た電光に打たれて、白ツグミが枝より落ちる。

ただし落下しながら、小鳥は『紙の霊符』へと形を変えた。あちこち焼け焦げていたが、記号や呪句を墨で書きつけてあった。

しかも、呪句のひとつは『中央護法五千――』。漢字だった。

「式神――！　どこかの陰陽師か呪術師の創った式神ですよ。そうでなくても、護法童子とかの類似品にちがいありません！」

　自身も陰陽師である梨於奈は驚く。

　直後、焼け焦げだらけになった霊符が声を発した。

『あはは、当たり。女の子ふたりで苦労してるのを見て、気になっちゃってね』

　やけに快活そうな、女性の声だった。

　それとほぼ同時に『どおん！』という轟音がとどろく。何か輝くものが空の彼方より飛んできて、目の前の地面に突き刺さる音だった。

「──剣!?」

　雪希乃は息を呑んだ。

　形状だけなら日本刀に酷似している。ゆるく反りのある彎刀で、鍔の拵えも日本刀の様式であった。ただし、刀身は漆黒である。

　剣神の申し子として直感した。似ているだけで日本刀にあらずと。

　これはもっと古い──神代の業物であった。

　そして、眼前の黒き剣にはすさまじい神力がみなぎっている。神々が振るうべき神刀であり、この剣自体が一箇の神格でもある証だった。

　梨於奈も剣の神性を悟ったらしく、唖然としている。

「唐突にとんでもないものが降ってきましたね……」

「ものすごく由緒(ゆいしょ)のある神剣のようだけど……」

「一目でわかるなんてさすがだね。そ。こいつは《天叢雲剣(あまのむらくものつるぎ)》――なんて言っても、信じてもらえるかな？」

黒き神刀から光の玉がふわっと抜け出てきた。

その光はたちまち若い女に早変わりして、雪希乃と梨於奈に『にかっ』と人なつっこく笑いかけてくる。

黒いマウンテンパーカに白のトレーナー、灰色のレギンス。

明らかに地球(アーシアン)出身者の格好をした、長い黒髪の彼女は、日本語であいさつをした。

「清秋院恵那(せいしゅういんえな)。日本出身だけど、たぶんみんなとはちがう世界の日本だよ」

「でしょうね……。うちの鳥羽家の親戚にも清秋院家はあって、伝統ある呪術の家系なんですけど」

梨於奈が考えこみながら言った。

「お姉さんのような人はいませんでしたし」

「あー。いろんな並行世界に似たような家系があるってやつね。うんうん、聞いたことあるよお。実は恵那お姉さん、そういう多元宇宙ってやつにもそこそこくわしいし、巫女(みこ)もやってるからね。結構な物知りなんだ」

かなり気さくであるらしい清秋院恵那。

ことなげに自己紹介してから、衝撃発言をした。

「最近は訳あって、あのアイーシャさんの護衛とかしてたんだけどね」

「護衛!?　ということは、やっぱり私たちを捕まえようと!?」

雪希乃が身がまえる。しかし、恵那は軽やかに笑った。

「ないない。そんなつもりないよ。護衛のほかにも見張りとか監視役ってポジションでもあるからさ。べつにあの人の部下でも娘でもないし」

「そ、そうなの？」

「うん。むしろ本当の立場は、あの人のライバル陣営の切り込み隊長みたいなもん」

「なんだか複雑なのね……」

初対面だが違和感なく話がはずむ。

雪希乃は巫女だという清秋院恵那に、直感的に好意を抱いていた。神刀《天叢雲剣》といっしょに現れたとき、感じたのだ。

この女性、神裔というわけではない。しかし明らかに『こちら側』の存在だと。

人でありながら神に近しい――そういう立ち位置にいる者なのだ。

「そもそも、その《天叢雲剣》。ただの人間にあつかえるような代物にはとても見えないのだけど……。恵那さんはずいぶん使いこなしているようね」

さっきも漆黒の神刀と同化までして、天より飛来してきた。

ただ武器として振るう以上の芸当をいくつもできるのだろう。あるいは、自分や梨於奈のような神裔に近いレベルの実力者ではないのか？

そうも疑う雪希乃へ、恵那はにかっと笑みを見せた。

「これでも百戦錬磨だからね。神様と神殺しの戦いを手伝って、いろいろ経験もしたし、知り合いや友達もたくさんできたし。……実はさ。その辺の諸事情ってやつがあるから、お姉さんは君たちに肩入れしたくなったんだよね」

「諸事情、ですか？　わたしたちに？」

梨於奈がきょとんとした。

「わたしは鳥羽梨於奈。そちらは物部雪希乃。お姉さんとは縁もゆかりもないと言いますか、袖が振り合ったこともないはずですが——」

「それがあるんだなあ」

にんまりとヒマワリのように笑い、恵那は雪希乃を見つめた。

「聞いたし見たよ。あの弓と矢筒——あれの持ち主だった君のお師匠さま、うちの大親友なんだよねえ」

「なんですってえっ!?」

驚きのあまり、雪希乃はのけぞった。

「も、桃太郎先生とお姉さんの旦那さんが!?」

「へえ。ラーマの王子さま、今はそんなふうに名乗ってんだ」

訳知り顔で恵那はうなずいた。

当然のように《ラーマ》の英名が出るあたり、たしかに説得力がある。雪希乃は前のめりになって、話を聞こうとした。

「ま、並行世界はいくつもあるから、ラーマ王子の顕現もひとつだけではないだろうけど。あの弓は絶対に見まちがえないよ。あれの持ち主だった英雄ラーマなら、まちがいなく恵那たちが出会った『最後の王』で魔王殲滅の勇者でもあるあのひとだ」

「お姉さん、勇者だった頃の桃太郎先生を知ってるのね!?」

すっかり恵那への警戒心を解き、雪希乃は羨望のまなざしを向けた。

「すごい！　うらやましいわ！」

「まあ、あのひとの相手をしたのは主にうちの旦那さまで、恵那たちは外野から見守ってた形だけど……それでも破格のすごさだってことはよおく実感できたなあ」

しみじみと思い出話をする恵那へ、不意に梨於奈が言った。

「でしたら――その偉大すぎるお師匠さまとくらべて、雪希乃はどの辺に課題があると思います？　勇者としてレベルアップするには、何が必要なんでしょうね？」

「そ、それだわ、お姉さま！」

本物の救世主を知る人間と、せっかく出会えたのだ。

梨於奈の知恵者らしい名案に、雪希乃はパッと表情を輝かせた。

「課題ねえ……」

突然の質問に、恵那は考えこんだ。

「と言われてもむずかしいなあ。ラーマ王子は全てが完璧で、至高の英雄としての『格』を持つ神様だったからねえ。インド神話屈指の大英傑ってだけじゃない。東洋においては最大級のヒーローとして、その神話はアジア各地に伝播してたほどの――」

「やっぱり、雪希乃の先生は『そのラーマ』でしたか」

深々と梨於奈がうなずいた。

「真の名前はラーマで弓使いという情報だけだったから、わたしもイマイチ実情がつかめてなくて。でも、たしかに『そのラーマ』なら大納得です」

「桃太郎先生、そんなに有名な勇者さまだったのねっ……」

たじろぐ雪希乃へ、恵那はにかっと笑う。

「ちなみに、日本の桃太郎伝承にもラーマ王子の神話が影響をあたえた可能性、実はあるらしいよ」

「うそ――っ!?」

「これはますます雪希乃の参考にならないかもですね。物部雪希乃はあくまで剣神タケミカヅチの生まれ変わり。羅刹王討伐のために流浪する英雄であったラーマ王子とは、あまりにタイプがちがいすぎます」

「タケミカヅチ？」

梨於奈のつぶやいた神名に、恵那が反応した。

傍らに置いてあった日本刀の鞘、おもむろに取りあげる。神刀《天叢雲剣》がそこに納められていた。

「それを早く言ってよ！　だったら天叢雲が助けになるよ！」

「えっ？　この子が……？」

恵那の引き抜いた漆黒の神刀。その禍々しい刃を雪希乃は見つめた。


天叢雲と話してみるといいよ――。

恵那に勧められて、雪希乃は日本国の宝剣と向き合うことになった。

場所は変わらず滝壺のそば。だが梨於奈と恵那のふたりは一時この場を離れて、物部雪希乃ひとりきり。

いや――目の前の大地に《天叢雲剣》が突き立てられている。

「天叢雲さん、ちょっと私とおしゃべりしましょう♪」

とりあえず愛想よく、話しかけてみた。

しかし何も反応がない。雪希乃はイラッとしたが、再挑戦してみた。

「恵那お姉さんもああ言ってたことだし。神裔である私にはわかるわ。あなたは剣の姿をした神でもある……。救世主となるための心構えとか、注意とか、コーチングとか、とにかく何かを教えてほしいの」

やはり反応なし。天叢雲剣(あまのむらくものつるぎ)はただ大地に突き刺さるのみ。

剣神の転生体としての勘でわかる。聞こえていないとかではなく、雪希乃の声はまちがいなく天叢雲剣の魂にとどいている。

なのに、この妙に偏屈な神剣は無視しているのである。

「ううううっ。こうなったら、意地でもお話しをしてみせるわ！」

漆黒の神刀に、雪希乃はずかずかと詰めよった。

すこしかがんで、あえて日本刀ふうに仕立てたのだという柄(つか)におでこをくっつけ、強烈な念を送りこむ……！

(さあ！　じっくりふたりきりで対談しましょう！)

(う……るさいわ、小娘！)

天叢雲剣が返してきた念は、なんともぶっきらぼうであった。

(いくさのさなかでもないのに、話すことなどない！　己(オレ)を闘争以外のことでわずらわせるな、愚か者が！)

(愚か者ですって〜〜〜〜!?)

（無論！　同じ剣神の分際でその道理もわからぬのだから、愚鈍もいいところ！）

それで対話はおしまいだった。

以後、雪希乃がどれだけ念を送っても、声で呼びかけても、天叢雲剣は一切の反応を示そうとしなかった。

「言うにことかいて愚鈍とはどういう意味よ!?」

ぷんすか怒りをあらわにしていたとき。

雪希乃はハッと気づいた。『同じ剣神』。たしかに天叢雲剣はそう告げた。そう。タケミカヅチもまた剣そのものを神格化した存在だという。

そういう点において、天叢雲剣とタケミカヅチは同類だとも言える。

「天叢雲さんは、戦い以外のことで自分をわずらわせるなと」

はっきり宣告していた。

ものぐさもいいところだ。しかし、ひたすら戦闘のみに特化し、それ以外の雑事には寸毫も関わりたくないという心情に——

なぜか共感できる自分自身にも気づいていた。

そういえば、桃太郎先生との最後の稽古。あのとき自分は悟ったではないか。

「あらゆる想いを昇華して、純然たる『剣』たるべし……」

それが剣神の申し子、物部雪希乃が美貌の師に対抗しうる唯一の手段——。

剣。剣。もし自分が《天叢雲剣(あまのむらくものつるぎ)》と同系統の神格であるなら、その剣神としての本地(ほんじ)を研ぎすますために必要なことは……！

「この手で剣を振るうだけじゃないわ」

左手より、救世の神刀《建御雷(タケミカヅチ)》をすらりと引き抜く。

我が身そのものが『鞘』だという時点で、早く気づくべきだった。

いつものように、神刀から加護の光が放出される。雪希乃の体をおおって、強靱(きょうじん)な防護の結界となってくれる。

「この身の全て、我が身そのものもまた救世の神刀と——成さしむべし！」

雪希乃を守る加護の光が消えた……否(いな)。

光は全て体内に吸収された。今、物部雪希乃の皮膚は光沢(こうたく)を帯びて、金属質な輝きを宿すようになっていた。

右手に持つ救世の神刀で、試しに『ぶんっ』と斬りつけてみる。

自分の左腕を。本当なら——左前腕から先とは、永遠に離別することになるはずの速さと強さであった。

しかし、斬撃は『カキン！』という金属音と硬い感触に阻(はば)まれた。

雪希乃の皮膚そのものが神刀の刃を防いだのだ。また今の一瞬で、己(おのれ)の心身に宿る霊的パワーが倍以上にもふくれあがっていた。

今なら《スーパーサイヤ人の法》がなくても、先生の弓と矢筒を使える！

そう確信して、雪希乃はぐっと左拳をにぎりしめた。

3

「な、なんかいきなり覚醒しちゃいましたよっ」

やや離れたところから、梨於奈は雪希乃たちの様子を見守っていた。

滝壺のそばに《天叢雲剣》を突き立てて、しばらく『にらめっこ』のように物部雪希乃は日本国随一の神剣と対面していたのだが。

にわかに雪希乃の体から、膨大な呪力が湧きあがった。

それもカンピオーネや神々と比しても遜色ないほどの、もはや神裔の域を凌駕するほどに強大な呪力であった。

そして雪希乃は救世の神刀を振るい、自らの左腕を断ち切ろうとして――

「刀をカキンとかはじいて！　あの子の体、超合金みたいになってません!?」

「だって、剣神っていうのは鉄剣そのものが神格化した存在……その肉体は鋼鉄のように堅牢で当然。あの神様たちはああいう感じで、何らかの不死性を持ってるものだよ」

あわてる梨於奈に対して、恵那は悠々と語った。

しかし、そこは頭脳明晰な才女である八咫烏の生まれ変わり。とっくに承知のことなので、梨於奈はさらに言った。

「そりゃあそうですけど。でも今、雪希乃は天叢雲さんに無視されてただけで――」

両者がやりとりする思念、梨於奈も読み取っていた。

あんなふうにあしらわれただけで、どうしてパワーアップできたのか。奇怪で不可解な事態に驚嘆する少女へ、清秋院恵那はにかっと笑みを見せる。

「さすがタケミカヅチの生まれ変わりだけあって、すぐに気づいたね。自分が真似しなきゃいけないのはラーマ王子じゃなくて、天叢雲の方だって」

「と、言いますと？」

「剣神たちって『最源流』に近い純血種ほど単純だし、複雑なこと考えないんだよね。戦闘バカとか猪突猛進あるのみって感じで。で、ラーマ王子や古代ペルシアの軍神ウルスラグナみたいに、剣の神性とほかの神格が混交した『雑種』はいろいろ思慮深くなるというか……」

「なるほど……」

「剣がそのまま神様になったような連中は、たいてい戦闘一筋だったりする」

「言いかえると頭悪い、思考放棄した集団であると」

恵那の教えに、梨於奈は深く納得した。

このあたり、さすがは神々と神殺しが入り乱れる抗争を数多経験した〝百戦錬磨〟らしい見識だろう。

梨於奈は剣神系の神と遭遇したことがすくない。『目からウロコ』だった。

そして、しみじみとつぶやく。

「さんざん『脳みそ筋肉の究極体』とか『単純すぎるアホの子』だと思ってましたけど、ちゃんと理由があったわけですね……。むしろ剣神の性質が色濃いからこそ、ああいうふうに育つのは自然な成り行きであると」

「あはははは」

梨於奈の言い草に、恵那は快活に笑った。

「君、口が悪くて正直者だねえ。お姉さん、そういう子きらいじゃないよー」

「それはどうも。ところで今、唐突に《軍神ウルスラグナ》の名前が出ましたけど、今回の件に何か関係ありましたっけ？」

「あ、気づいてなかった？　そりゃあもちろん――」

女ふたりの会話がはずみ出したときだった。

（くくく……）

駆け抜ける疾風がふくみ笑いを運んできた。

聞き覚えがある。命からがら逃げ出した原因。少年《クシャーナギ・ゴードー》の美声にまちがいなかった。

（娘たちよ、このようなところまで逃げていたか。善(よ)き哉(かな)、善き哉）

実に楽しそうに、少年の声は語る。

梨於奈は恵那とうなずき合った。流れる風に命じて、遁走(とんそう)した八咫烏と勇者を捜索させていたのだろう。

あの多彩な権能(けんのう)の持ち主は、風の神格でもあるのだ。

（どれ、我(われ)もすぐにそちらへ駆けつけよう。ふふふ、待たせはせぬので案ずるな。我は強風と共にきたり、正義と勝利を世に示す神なのじゃ――）

「その必要はないわ！」

クシャーナギ・ゴードーの宣告に答えたのは、雪希乃であった。

風が運んでくる声を、覚醒した彼女も聞きとっていたのだ。元気溌剌(はつらつ)な乙女はなんとも勇ましく空に訴える。

「今度はこっちが乗りこんであげるんだから！　時間はかからないから、首を洗って待っていなさい！」

「行くんですか、雪希乃!?」

「ええ！　お姉さまもついてきて頂戴(ちょうだい)！」

言うや否(いな)や、物部雪希乃は稲妻と化して飛び立った。

先刻、己(おのれ)が敗退した決闘の場まで、一直線に飛翔して、降り立つために。梨於奈もあわてて清秋院恵那を招きよせ、飛翔術を使った。

　こちらは青き光をまとい、必死に天翔る稲妻を追いかける——。

「調子に乗って、ポカしないといいんですけど……」

「いやいやあ。ああいう子はむしろ」

　心配する梨於奈へ、歴戦の古強者らしいコメントを恵那は口にした。

「調子に乗ってるときの方が実力以上のものを発揮して、手強くなるもんだよ」


　そして、ふたたび『なれはての砂漠』であった。

　天翔る雷光と化して、一〇〇キロ以上もの距離を一気に飛び越えた雪希乃。雷鳴のとどろきを引きつれ、地上へ降臨した。

　あのアイーシャ夫人と遭遇した古代の遺跡である。

　はたして神殺しの魔女と、少年《クシャーナギ・ゴードー》もそこにいた。

「ふ——っ。あの小娘、たしかにずいぶんと早くやってきた」

「飛んで火に入る夏の虫とは、まさにこのことですね！　やっちゃってください、クシャーナギ・ゴードーさま！　……って、あれ？」

　淡く微笑する少年と、闘志を燃やす反運命の教祖。

　しかしアイーシャ夫人は、雪希乃のすこしあとに空から降りてきた女ふたりを見て、不思議がった。

「どうして恵那さんもそちら側にいるんですか？」

「いやあ。今回はこの娘たちに肩入れしたくなったからさ。アイーシャさんのお守りは休業して、こっちを応援しちゃうよ」

梨於奈とならび立つ清秋院恵那は、軽く言いはなった。

「いつもアイーシャさんの護衛してるの、単なるボランティアだし」

「ううっ。それを言われるとごもっともなので、反論できませんがあっ。なんてノリの軽い裏切り宣言!?」

何はともあれ、対峙する両陣営。

ただし、恵那は自ら腕を振るっての助太刀までは、する気がないようだった。ひらりと猿のように跳躍して、神殿の屋根に飛びのってしまう。

「ま、ここまで来たら、やるしかありません」

雪希乃のうしろに控える形の梨於奈は、さばさばと言った。

「超覚醒した雪希乃の実力、まずはとくと見せてもらいますよ！」

「ええ！　お姉さまが見守ってくれてるなら、勇気百倍よ！」

ずんずん歩いて、雪希乃は前進していく。

対するクシャーナギ・ゴードーも悠々と歩を進め、前へと出ていく。

石造りのステージ——神事を行うためのやたらと広い祭壇。そのどまんなかで、両名はついに面と向かって対峙した。

大きく踏み込み、剣を繰り出せば、もう相手の体にとどく近さだ。

まさしく一足一刀の間合い。雪希乃は敵手をにらみつけ、クシャーナギ・ゴードーは余裕の笑みで視線を受けながす。

「桃太郎先生の弓矢、使わなくてもいいのかしら？」

「業物ではあるが、借り物ばかりを恃みにするのも甲斐性がない。我が『十の化身』を半分も見せていないところでもある……」

「十の化身、ですって？」

「うむ。強風と猪、山羊の化身はすでに披露した。ならば次は——」

雪希乃はハッと驚いた。

一瞬のうちに小柄な少年が——屈強な雄牛に変化していた。

身長一六〇センチ台前半の雪希乃が見あげねばならない高さに牛の頭部はあり、体長は三メートルを超していそうだ。

牛の毛並みは黄金色で、体格も立派だが筋肉の隆起がすさまじい。

こんな猛牛が至近距離から、いきなり突進してきた！　しかも身を低くして、頭部の鋭い角二本で雪希乃の胴体を串刺しにしようとしながら！

「な、なんてバカ力なの――!?」

「ほう、よく防いだのう!」

雄牛の口が少年の美しい声を発した。

雪希乃の反応への賞賛であった。とっさに両腕を『X』に交差させ、アームブロックを決めたのである。

鋼の強度を得た両腕は、猛牛の角を『ガキン!』と止めていた。

しかし、猛牛はそのまま突進をつづけようとする。それを雪希乃は全身――何より足腰と体幹の力を総動員して、押しとどめる。

が、それでもじりじりと押されて、雪希乃はゆっくり後退しつつあった。

剣神タケミカヅチとして覚醒した今、前とは比較にならないほどに、膂力も高まっているというのに!

思わぬ展開。雪希乃は大いにあせった。

「……牛さんになったくらいで、ここまでパワーが出せるっていうの!?」

「我は最強にして、あらゆる障碍を打ち破る者。今こそ十頭の牛の強さを、十の山の強さを、十の大河の強さを得ん――!」

何かの聖句らしい言葉を少年の声が唱えている。

猛牛のパワーがすこしずつ高まっていくのを雪希乃は感じた。このままでは抑えきれない

——ならば！

「てやあああああああっ！」

雪希乃の全身から放電がはじまる。

そのまま稲妻をまとって、空の高みへと躍りあがる。猛牛の首根っこをかかえて、道連れにしながら。

剛力無比の猛牛もろとも、数十メートルもの高みへ大ジャンプする——。

タケミカヅチが放つ『雷』の爆発力を利用しての力技であった。

さらに雪希乃は、空中から『投げ』を打つ。

対戦相手を抱えあげて、マットにたたきつけるプロレス技——同じ要領で、猛牛の巨体を眼下の大地へ投げつけたのである。

投げはみごとに決まり、黄金の猛牛は墜落していった。

「ほう、なかなかによい攻めじゃや！」

「まだまだあ！　救世の神刀《建御雷》、あなたの出番よ！」

地面にたたきつけられながらもあっさり起きあがり、余裕のコメントを出した猛牛——クシャーナギ・ゴードーめがけて。

雪希乃は全身から放電しつつ、天降る稲妻となって急降下した。

左手より救世の神刀を抜き放ち、牛の背中に振りおろすおまけつきで。

今なら突き刺さる！　雪希乃の確信を、クシャーナギ・ゴードーは何回目かの変身によってくつがえした。

今回は――ラクダに化身して、すさまじい機敏さで横に跳んでいた。

体長三メートルというところか。ラクダとしては標準体型という印象だが、面構(つらがま)えがひどく獰猛(どうもう)そうだった。

そして、雪希乃は驚愕(きょうがく)した。

ラクダがいきなり後ろ肢(あし)のみで立ちあがり――

「え……っ!?」

二本の前肢を『手』のように使ってきた。

中段青眼(せいがん)に雪希乃が構えた神刀、その刃を右前肢で『キィン！』と横に払いのけ、左前肢をストレートパンチ同然に繰り出してきたのだ！

ラクダのくせに、おそろしく格闘技めいた動きであった。

奇抜すぎる『左ストレート』を、雪希乃は体をななめ前にさばいて避けた。

後の先(ごせん)の太刀(たち)で逆襲するつもりであった。

が、そうと見抜いたラクダは跳びのいて雪希乃と距離を取る。のみならず、くるりと巨体を回転させながらの後ろ回し蹴り！

ラクダの後ろ肢による一撃を、雪希乃はふたたび十字のアームブロックで防いだ。

「くぅぅぅぅぅっ！」

蹴りの衝撃はすさまじく、右手に持つ神刀を落としそうになった。

しかもラクダの四肢、鋼のような硬さでもある。

「それでも武芸を競うのなら、私が負けるなんてありえないわ！」

「なるほど。ならば、こうすればどうじゃ？」

雪希乃の自負に、挑発めいた変身がはじまる。

ラクダは――鷹に似た猛禽と化して、空へと駆けあがる。

空中の標的を刀で斬りつけるわけにはいかない。雪希乃は神刀を天に向けた。切っ先から雷撃が立てつづけに放たれる。

ドォン！　ドォン！　ドォン！　ドォン！　ドォン！

雷鳴が連続し、稲妻による弾幕が空を電光で灼く。翼ある猛禽といえども、電熱の満ちる檻となった空域にいる以上、焼き鳥となるしかない。

だが――猛禽は並の速さではなかった。

まさに稲妻と同等のスピードで飛翔し、電熱の檻を突破して、

「鋼の剣神としての己を覚醒させたとは重畳。では、この手にはどう応じる!?」

空中にとどまったまま、輝くような白馬に変身した。

その馬体が光のオーラを放ち出す。雪希乃の背筋に震えが走る。本能的な恐怖を覚えて、戦

慄してしまった。

「我がもとに来れ、勝利のために。霊妙なる馬よ、汝の主たる光輪を疾く運べ！」

「きゃああああああああ――――っ!?」

天から降ってきたのは、すさまじい猛火。

白馬の言霊によって火の柱が生まれ、地上の雪希乃を襲ったのである。

聖なる火焔の燃焼は、一向に終わる気配がない。その灼熱にさらされて、鋼の堅牢さを誇るはずの物部雪希乃を初めての苦痛が襲う！

「あああああ……熱い！　私の体、溶けちゃいそう!?」

「くくくく。鉄にせよ青銅にせよ、熱にさらせば最後は溶け落ちるのが慣らいよ」

白馬はやはり、少年の声で勝ちほこる。

溶鉱炉に放りこまれたも同然となった雪希乃。五体はすっかり赤熱し、今にも融解がはじまりそうであった。

かろうじて原型を保っているが、どこまで保つか――。でも。

「ここで負けたら女がすたる……私のど根性、見せてあげるわ！」

「おお!?」

ついに火の柱が消滅した。

焔であれば、いつかは燃焼を終えるのが道理。それを信じて、雪希乃はひたすら耐えて、ついに耐え抜いたのだ。

すると——白馬が空中より降りてきて、少年の姿にもどった。

「さすが魔王殲滅の勇者、と言っておこう。くくく、《盟約の大法》によって力が増していなければ、とても耐え切れなかったであろうが……」

ふくみ笑いをしながら、クシャーナギ・ゴードーはさっと手を振る。

その右手に、黒き鋼鉄の弓が顕れる。左の足下に、黒い木の矢筒が顕れる。雪希乃の師、英雄ラーマの武具であった。

「であれば、勇者英雄としての器を競ってみるのも面白い」

英雄の矜持が輝く美貌で、少年はそう豪語した。

4

地下迷宮をさまよう六波羅蓮と、その左肩に陣取るステラ。

神殺しと愛の小女神は、次々と『罠』にはまっている最中であった。

「うわあっ!?　今度は床か——！」

「まったく、いやらしい仕掛けばかりを次から次と考えるやつね！　顔はいいくせに、性根が本当にひねくれているわ！」

ちょうど開けた場所を歩いていたときだった。

屋内型のドーム球場を彷彿させる空間で、天井も高く、何も置かれていない。本当に野球でもプレイできそうな『大広間』に蓮とステラはいた。

前後左右、そして天井方向を気にしていたら——

いきなり床が崩れだしたのである。

それも蓮の足下だけでなく、この広大な空間の床一面が。レンガを敷きつめた床がいきなりひび割れ、崩れ、どんどん『下方』に落下していく。

崩れた床の下もまた、広大な空洞であった。

いきなり地面が全崩壊をはじめたようなもので、身軽さが自慢の蓮も為す術なく、ガレキと化したレンガの山と共に落ちていくしかない。

が、蓮たちとガレキの落下速度、おそろしく速すぎないか。

自由落下の三倍増しかという勢いで、蓮たちは落ちつつあった。まるで、地の底から招きよせる何者かがいるようで——

「って、そうか！」

「あれを見て、蓮！　あの色男の魔球というやつよ！」

蓮が気づくと同時に、左肩のステラが下方を指さした。
五、六〇メートルほど真下に《貪欲の魔球》が鎮座していた。蓮が頭上に来るまで待ちかまえ、全てを吸いこむ吸引力をそちらに向けたのだ。

「時間よ止まれ！」

蓮の左目が虹色の光彩を放つ。

それは上下に重なった広大な地下空間ふたつの全てを満たすほどに広がり、《貪欲の魔球》はもちろん、高速で落下する大小のガレキを全て凍結させてしまった。

ここまで来れば、ようやく蓮の身軽さが活きる。

「よっ。はっ。よっ……！」

空中で静止したガレキは無数にある。

比較的大きなものを選んで、蓮は飛びうつっていった。足をすべらせたら当然、墜落するしかない。かけ声を出して、自分に発破をかける。

「れ、蓮!?　お、落ちないように気をつけなさいね！」

「大丈夫大丈夫。僕がこういうの得意だって、知ってるだろう？」

『たしかに、いい身のこなしだ』

いきなりの天の声。アレクがひさしぶりに話しかけてきた。

『運動神経にずいぶんと恵まれているのだな。……ただ、すこし動きがよすぎるようにも思える。なかなか興味深い』

「やだな。僕、これでもスポーツ万能なんだ」

詮索する黒王子の声に、蓮は跳びはねながら答える。

だいぶ前のことだが、まだ青い鳥になる前の梨於奈にじとっと見つめられ、

『ジブ●アニメのキャラみたいな身の軽さで、むしろ気持ち悪いです。重力無視した不自然な動きをリアルで見ると、違和感ありすぎですね……』

とも評された。自慢の動きなのである。

蓮は快活に、どこにいるかも不明なアレクへ訴えた。

「何でもかんでもカンピオーネの力だと思わないでよ!」

『なるほど。では、そういうことにしておこう。ひとつたしかな事実は、貴様の魔眼がかなりの広範囲にも影響をおよぼせるという点だな』

「ははは……」

調子よく笑うつもりが、すこし乾いた笑いになった。

軽さが身上の六波羅蓮をこうも翻弄する。アレクサンドル・ガスコイン、思っていた以上にやりづらい相手であった。

ともかく窮地をしのいだ蓮とステラ、また迷宮内をさまよい出す。

そして——今度は一転して、狭い通路がいりくんだあたりに迷いこんだ。しばらく歩いていたら、おもむろにステラが警告する。

「あの根暗女がまた来たわよ、気をつけて!」

「わかった！」

前回は海に、今回は地下迷宮に現れたアレクの眷属。

シルエットや後ろ姿しか見ていないが、どうやら性別・女性であるらしい女妖の気配に、ステラはすっかり敏感になっていた。

このあたり、さすがは元女神という霊感だった。

警告された蓮は足を肩幅に開き、上体を立てて、襲来にそなえた。

足を使うアウトボクサーの構えである。迷宮をさまよい出してから、すでに何度も攻撃を受けている。

背後や頭上など、いつも奇抜な角度から襲ってくる女妖は今回――

「まさかの正面からか！」

蓮の顔面めがけて、こぶし大となった女妖が飛びこんできた。

上半身はたおやかな女性のようだが、有翼にして下半身が蛇という異形。彼女は毎回、体のサイズがちがう。帆船のように巨大なときもあれば、今は人間のにぎった拳と同程度の小ささだった。

そして女妖は――閃光のような速さで顔面に突っ込んでくる！

蓮はぎりぎり、命中寸前で避けた。

頭をななめにすべらせる動き。格闘技でヘッドスリップと呼ばれる防御だ。

　蓮の後方に飛んでいった有翼の女妖、今度は縦横無尽、通路をジグザグに飛びまわり、こちらを眩惑していた。

　動体視力には自信のある蓮でも、速すぎる動きを捉えきれない。

「恥ずかしがり屋なんだっけ？　なかなか姿を見せてくれないひとだなあ！」

「……いいえ。ちがうわ蓮。こいつ、素顔を見られると不都合なことがあるのよ」

　左肩にひかえる小女神がずばりと言った。

「たぶん消えなくちゃいけないとか、身動きできなくなるとか。そういう呪縛みたいな気配を感じるわ！」

「へえ！　いい情報ありがとう、ステラ！」

　ならばと魔眼発動。宙の一点に静止した女妖をすかさず凝視する蓮。

　だが、その瞬間にはもう、小さな半人半蛇の怪物は『ぱっ』と消え失せていた。すぐにアレクのふくみ笑いが降ってくる。

『ふふふふ……。貴様のパートナー、予想以上に鋭いな』

「当たり前でしょう！　女の勘、それも女神の勘を舐めないでくれる！」

「ところでアレク。僕も気づいたんだけど——この迷宮内なら、もしかして配下のモンスターを自由に配置換えできる？　好きなところに出したり、消したり……」

　質問しながらも、もう蓮は事実だと確信していた。

翼ある女妖はともかく、《貪欲の魔球》の移動速度はだいぶのろい。なのに神出鬼没で、複数体いるのかとも疑っていたのだ。

しかし今、いきなり消えた女妖を見て、そうではないと悟った。

『なに。ささやかだが、迷宮の主としての特権だ』

あっさりとアレクが明かした。

おそらく、事実と認めた方が蓮たちを精神的に消耗させられると判断したのだろう。実際、ステラがげんなりした表情になった。

「本当にろくでもないところね。のども渇いたし、おなかも空いてきたし……」

「じゃあ、どこかいい場所を見つけたら、休憩しよう」

そして十数分後。

ベンチに見立てられなくもない長方形の石がいくつもならぶ広間まで来て、蓮とステラは休憩することにした。

長方形の石に腰かけて、飲み物と食料に手をのばしていく。

『ほおう……？』

アレクからの天の声に、初めて怪訝そうな響きが宿った。

『オレとしたことが見落としたな。ずいぶんと洒落た非常食をどこから出した？　貴様のカバンには収まりきらない荷物に見えるが……』

「ふん。美と愛の女神には、ふさわしい食卓というものがあるのよ」

「そうそう。僕ら、用意がいい方だしね」

澄まし顔のステラが紅茶のカップを口に運び、蓮はサンドイッチをつまんでいる。

ふたりの前には、アフタヌーンティーの一式がならんでいた。

熱い紅茶の入ったティーポット、カップは全て陶製。しかもステラが使うものは特注の人形サイズだった。

大皿に盛られたサンドイッチは、指でつまめるサイズだ。

具材はキュウリ、クリームチーズ、サーモン、ハムなど種類もたくさん。蓮が持参したナイフで切り分けたものを、ステラはもぐもぐかじっている。

焼きたての熱々スコーンには、クロテッドクリームが添えてある。

迷宮探検には不似合いすぎるおやつをいただきながら、蓮とステラはひそかに『作戦会議』をはじめていた。

声には出さず、念をやりとりするのである。

（……それでステラ。あちこち歩いてみたけど、どうだった？）

（こちらの読みどおりね。この迷宮には《復讐の女神》の神力があちこちに――いえ、たぶん迷宮全体に宿っているんだわ）

（復讐の女神!?　僕のネメシスさんみたいな？）

（まちがいなく同類でしょうね）

（……じゃあ、やっぱりカウンターあるね、アレクにも）

（ええ。こちらの攻撃や呪詛をまるっとたたき返す権能が。きっと決まった場所に、罠として置いておく力なのよ）

（そいつを仕込んだ場所に、今回は僕らを引きずり込んだわけか……）

闇雲に迷宮内部をさまよっていたのではない。

こちらもこちらでアレクの手の内を探っていたのだ。黒王子との対決は、きっと裏のかき合いになると踏んで。

そして実は――この窮境を切り抜ける『奥の手』が蓮にはあった。

（あの色男、迷宮のどこかにひそんでいるのはまちがいないわね）

（うん。ってことは、時間凍結の範囲を迷宮全体に広げちゃえば、絶対にアレクの時間も止められるはずだ。でも……）

（それを待ってそうだものね、あいつ。性格悪いし）

（やっぱり、そう思うよねえ）

パートナーの意見に蓮は深く同意した。

愛の女神でもあったステラ、恋愛に関してはかなりの猛者だ。

恋の駆け引き、愛憎うずまくだまし合いもお手のもの。アレク相手の心理戦になりつつある現在、頼もしい相談役であった。

（迷宮はだいぶ広いから、やったら僕の体力はへろへろになるだろうけど）

以前、アイーシャ夫人を見つけたときも、街の全てを凍結させた。

そのあと疲労困憊して、しばらく動けなくなったのだ。さまざまなリスクがある。しかし、蓮はついに決心した。

（でも、ここはあえて乗っちゃおう。そろそろ潮時だよ）

（そうね！　陰気くさい迷宮にも飽きたし、大勝負に出ましょう！）

アフタヌーンティーの紅茶とおやつもたいらげて、栄養補給も十分だった。

蓮はすっくと立ちあがり、おもむろに魔眼を発動させた。

左目が放つ虹色の輝き、今いる迷宮の広間――その壁や天井、床にも浸透し、さらに先にある部屋や通路までをも照らしていく。

「アレクがどこに隠れていても、これで時間を止められる！　いくよ！」

『なるほど。その手を選択してきたか』

天の声が天井方面から降ってくる。

しかし、必ずしもアレクが上にいるとは限らないだろう。所在不明のカンピオーネは不敵に言いはなつ。

『貴様が取り得る最終手段を四つほど想定していたが、いちばん思い切りのよいやつを選んできたな。なるほど、そういう性格か』

「僕もステラも、ちまちましたのが苦手なんだよね！」

『オレはそうでもない。地道に下準備をして、果実が実るまで待ち、収穫に取りかかる。このようにな――』

アレクの声が迷宮内部に朗々と響きわたった。

『聞け、永遠の夜の娘たち……地と影の娘たちよ。鬼女メガイラ、復讐者ティシポネー、時を止めぬ名状しがたきアレクトー！』

「やっぱり！　復讐の三女神の名前じゃない！」

妖しい名前の羅列に、ステラが叫ぶ。アレクの詠唱は止まらない。

『疾く呪詛を返し、報復を成せ！　今が復讐の時だ！』

「まだまだあ！　来るとわかってれば、こういう真似だってできるっ。そのカウンターまで僕は止めてみせる――！」

それは蓮の決意であり、言霊でもあった。

そして、魔眼の光が広がるのに合わせて、蓮の意識と認識も広がっていく。今、虹色の輝きに満たされた場所の全てを知覚できていた。

魔眼の光はすなわち、六波羅蓮の視線でもあるからだった。

目をつぶれば、肉眼では見えないはずのものも視える。

たとえば、迷宮深奥部の小部屋で揺り椅子に腰かけた黒王子アレク。

さらに、蛇髪の女神が三名——。

迷宮の最深部に設けられた祭壇のまわりに、髪の毛の一本一本が生きた蛇というメドゥサにも似た女神が控えていた。

恐ろしい姿だが、すばらしい美貌でもある三女神。

彼女たちが蓮に向けようとした《復讐の女神》の権能さえも、彼女たち自身の時間をも、蓮の魔眼は凍結させてしまった。

アレクサンドル・ガスコインの罠を蓮が凌駕した瞬間だった。

広大な——おそらくはちょっとした都市に匹敵するほどの規模であろう大迷宮。その内部の時間を完全凍結させた。

時の静止したフィールド内で動きまわれるのは、蓮とステラのみ。

それだけの奇跡を起こした負担が蓮を容赦なく襲う。

「うううっ」

「大丈夫、蓮——って、全然大丈夫じゃないわね……」

「ま、まあね……」

さっと宿主の肩から降りたステラが心配している。

蓮はいつもの軽妙さを返上して、四つん這いにうずくまっていた。

心臓がバクバクと激しく鼓動を打ち、全身に力が入らない。しばらく立てそうになかった。

しかし同時に、アレクの時間凍結に『念を入れる』ことは怠らない。

彼の居場所に意識を集中させ、呪力を高めて——

「えっ？」

両目をつぶり、精神集中していた蓮は唖然とした。

アレクの待機場所である迷宮深奥の一室を《時間凍結の魔眼》で遠隔視している。だというのに、そこにもう彼はいなかった。

ハッとして目を開け、顔をあげる。

ちょうど蓮の眼前に、アレクが忽然と瞬間移動してきたところだった。

配下や自分自身の位置を好きに変えられるという、迷宮の主ゆえの特権。そして、神速のカンピオーネは長身痩軀の我が身を帯電させていた。

漆黒の電光がアレクの体の上で絶えず踊り、走り、閃いているのである。

何より、ほくそ笑む彼の時間はまったく静止していない！

そういえば——蓮は思い出した。

アレクが所持する神速の権能。その呼び名は《電光石火》なのだと、誰かがうわさしていたことを。

蓮の魔眼が放射した虹色の輝きは、今も迷宮中に満ちている。

だから念じるだけで、アレクの時は止まる。凍結がはじまるはずだった。

いつもなら、たとえカンピオーネが身がまえていても、確実に数秒は止められる。これだけ力を振りしぼった全力バージョンなら、数百秒までのびてもおかしくはない。

なのに――

帯電するアレクの時間は、コンマ一秒さえも止まらなかった。

「な、何であんたは動けるのよ!?」

声を出すのもきつい蓮に代わって、床からステラが文句をつけた。

アレクは平然と、澄まし顔で肩をすくめた。ただし、種明かしをしたいという意識が微妙に見え隠れし、かすかな『どや！』感が顔に出ている。

「では、前回のおさらいをするとしよう」

さらりと言ったが、アレクの声はちょっとだけ得意そうだった。

「オレの神速はあくまで移動速度ではなく、移動時間を縮める時間操作の能力。ゆえに、貴様の『目』にはかんたんに封じ込まれた。同じ系統の力であるからこそ、影響を受けやすかったわけだ。ならば」

どや感をすこし増して、アレクはさらに言う。

「逆もまた真なりではないか。ひそかにそうも感じていた。今回の実験でそれは正しいと証明されたわけだ」

「……じ、じゃあ、その黒いビリビリも」

うずくまったまま、疲弊し切った蓮はどうにか声を出した。

アレクサンドル・ガスコインはずっと黒い電光をその身にまとわりつかせて、悠然と六波羅蓮を見おろしている。

「あのすごい速さの権能だってこと……？」

「ああ。とある電光の神よりいただいた権能なのでな。実は攻撃にも使える。どこぞの賢人たちが《黒い稲妻》と名づけた攻撃形態だ。時間操作のパワーを一気に外へ爆発させるものだから、時を止める魔眼でも止めきれないのではと——」

「予測っていうか、予感していたんだ」

蓮はため息をこぼした。

「正解だったみたいだねえ」

「幸いな。ただ、これをやると半日は神速を使えなくなるので、使い時がむずかしい——だが貴様相手なら話はちがってくる」

「ははは……僕が相手じゃ、あまり使いどころがないもんね……」

「そういうことだ。予想どおり、役に立った」

「ち、ちょっと、その黒いバチバチ、どんどん強くなっていくじゃない!?」

蓮に寄りそいながら、ステラがあせっていた。

　小さな人差し指を我が身の放電に突きつけられて、アレクは微笑した。

「当たり前だろう。オレの神速を一気に爆発させる攻撃形態なのだから、いつまでも抑えてはおけない。そろそろ解放してやろう」

「それ、あたしたちに向けてってことじゃない!?　まっぴら御免だわ！」

　叫ぶステラの腰帯が薔薇色に輝いて――

　直後、黒王子アレクの全身から、漆黒の電光が四方八方にまき散らされた。

　黒い稲妻のエネルギーが荒れくるい、うねり、周囲をすさまじい灼熱と衝撃で容赦なく打ちのめしていく。

　その威力によって、壁や頭上の石材が突きくずされた。

　ガレキが落ちてくるどころではなく、天井の一部まで崩落してきた。

　稲妻の暴虐はしばらく――五〇秒以上もつづき、ようやく終わる頃には、刺激臭と白い煙がもうもうと立ちこめていた。

　そして、その煙もついに晴れたとき。

「いやあ……持つべきはおねだり上手のパートナーと、雷神さまの友達だ！」

「――――ほう！」

　元気潑剌と蓮はよろこび、アレクが意外そうに瞠目した。

「いつのまにか、いわくありげな武器を持っているじゃないか」

「ああ、これ。たまたまヒューペルボレアに友達のトールが来てるからね。ちょっとの間、貸してもらったんだ。事後承諾になったけど」

すっかり疲労を回復させて、蓮は説明した。

右手に柄の短いハンマーを持っている。ずしりと重く、細身ながらも鍛え込んでいる六波羅蓮の腕でもあつかいづらい。

しかし、蓮に襲いかかる黒い稲妻を全て吸収してくれた。

それだけで十分すぎる。さすが北欧の雷神トールの持ち物だった。

「ふむ……」

アレクが蓮の左手首を見つめている。

そこに巻かれた紐は、薔薇色に輝いている。美と愛の小女神ステラことアフロディーテの腰帯だった。

「やはり、時間凍結のほかにも厄介な権能を隠していたか」

「ははは」

可愛く笑う蓮は、すこし前までステラと念をやりとりしていた。

黒い稲妻を帯電したアレクの出現直後から、こっそりと、せわしなく。

(ど、どうするの蓮っ!?　こいつの時間、止まってないわよ！)

(仕方ない！　ステラ……君の元気と力を僕に貸して！)

（たしかに、もうそれしかないわねっ。あたしがいなくても、しっかりやりなさい！）

六波羅蓮には、第二の権能《友達の輪》がある。

ギリシア神話ナンバーワンのおねだり上手、愛の女神アフロディーテの力。縁の深い誰かや相性のいい者を呼び出して、価値ある品を借りたり、もらったりできる。

しかも、貸し借りできるものは物品だけではなかった。

元気や知恵、はては能力までも『ちょっと貸して！』が可能なのだ。

また、蓮が第一の権能である《因果応報》を失って以来、それを補うように《友達の輪》は効力を増していた。

アレクの切り札が電撃だと知ったときも、

（ちょ――あのバチバチ、蓮の魔眼でもきっと止まらないわよ！）

（だったら、あれだ。雷の神様から何か借りよう！　トール、こっちに来てるし！）

（時間がないから、事後承諾でいいわ！　我が友・雷神トールに請う！　あなたご自慢の鉄槌を、無断拝借させて頂戴！）

というパートナーとのやりとりがあった。

かくして、宿主の蓮に体力と呪力を捧げてステラは姿を消し、持ち主の承諾を得ないまま呼びよせたハンマーに祈って、黒い稲妻の猛威を防いでもらった。

役目を終えて、雷神の武具も蓮の手から消えていく。

無断拝借だと、あまり長くは『キープ』できないのである。また、所有者当人が使用中であると、そもそも呼びよせる段階で失敗してしまう。

今回、蓮とステラは運がよかったと言える。

ちなみに、さっきのアフタヌーンティー一式。あれもこっそり某所におねだりして、呼びよせたものだった。

「とにかく、アレクがもうあのスピードを使えないなら」

ふわりと蓮の体が——床から浮かびあがった。

「こっちの攻撃を当てるチャンスってことだよね！」

「ほう！　貴様、空も飛べたのか!?」

「実はこんなことだってできちゃうよ。——神火清明！」

軽やかな飛翔でアレクに迫りながら、蓮は人差し指を突き出した。

その指先から、青白い焔が『ぼうっ！』と走り出る。日之精が繰り出す浄め火と、天翔ける力を、もうひとりの相方から借りたのだ。

金色の霊鳥・八咫烏の生まれ変わり、鳥羽梨於奈から。

アレクによる《大迷宮》の結界は、蓮の権能《翼の盟約》による絆を絶てていたが、《友達の輪》までは防げない——。

だからこその切り札で、いよいよアレクを追いつめることに成功した。

勝利は目前。
蓮の浄め火が曲者(くせもの)の黒王子に襲いかかる——。

幕間4

――interlude 4――

◆雷神トール、酒盛りの最中にふと失せ物に気づく

北欧の雷神トールは主神オーディンの息子である。

ヴァルハラの宮殿を統べる王の子供なのだから、当然『王子』となる。

しかしトールはいたって気さくであり、また、民衆の守護神として、民からもひどく愛されていた。

気まぐれにここ、英雄界ヒューペルボレアにやってきた。

故郷とは一風変わった神域をさすらう間も現地の民と積極的にふれあい、しばしば人助けもしてやった。

その日、トールは漁師と共に船出した。

雷神自ら銛を持ち、海に飛びこんで、大きなメカジキをしとめると、漁船に同乗していた男どもは大よろこびだった。

港にもどったあとは、昼から酒盛りのはじまり。

獲れたての海の幸を肴に、呑めや歌えの大宴会である。

もちろんトールは誰よりも杯を干し、誰よりも食欲を発揮して、北欧の豪傑ここにありという雄姿を示していた。

港の地べたにすわりこみ、車座になっての宴。

その間、愛用のハンマーをトールは脇に置いて、飲み食いしていたのだが。

ふと気づけば、武器がどこにもない。しかし遠くから誰か——昔なじみの誰かに何か言われた気もしていた。貸してくれとか何とか……。

「ふうむ……」

酔いも手伝って、トールはハンマー探しを億劫がった。

「宴が果てたあとで見てまわるとしよう！」

神にあるまじき酔っ払いのたわごとを、ひどく勇壮に宣言した。

が、もう二杯を飲み干したあと、ふたたび脇を見れば、そこには雷神の槌たる鋼鉄のハンマーがしっかりあった。

「なるほど、見まちがいであったか」

少々酔いすぎたのかもしれない。

……と思っても、そこで飲酒をやめるトールではなく、さらなる酒杯を躊躇なく口へと運ぶのだった。

◆女王カサンドラ、想い人のために心づくしの供応をする

享楽の都、女王宮――。

女王カサンドラの住まいではその日の昼下がり、お茶と軽食を至急用意するようにという王命が厨房に下された。

ほどなく、女王の私室に『午後の紅茶セット』が供された。

さる料理上手の青年により考案され、命名された一式である。ただし、バルコニーのテーブルにならんだ飲食物に、女王カサンドラは手をつけなかった。

女王の対面にすわる青年が言った。

「もしかして、虫の知らせか？」

「はい。蓮さまとステラさまが必要としているようにふと思ったので……」

宰相のジュリオ・ブランデッリに、カサンドラは答えた。

そして程なく、紅茶と焼きたてスコーンが冷める前に、アフタヌーンティーのセットはパッと消え失せてしまった。

「蓮の《友達の輪》か。ずいぶん便利な力になったものだ」

ジュリオが感心した。

以前のように『召喚』の手順を踏まなくても、親しい相手へのおねだりはここまで迅速・簡便に処理されてしまうのである。

立役者であるカサンドラは心配して、つぶやいた。

「でも、わざわざ食べ物の差し入れをお求めだなんて……。蓮さまは今、一体どのようなところにいらっしゃるのでしょう?」

「やつのことだから、よほどの相手でなければ楽に切り抜けられるはずだが」

ジュリオはしみじみと愚痴った。

「ここヒューペルボレアには、よほどの連中がいやになるほどそろっているからな!」

第五章 神と運命の御子と神殺し、もつれた戦いに決着をつける

1

神火清明（しんかせいめい）――。

霊鳥・八咫烏（やたがらす）に由来（ゆらい）する浄化の焔（ほのお）が蓮（れん）の人差し指より放たれて、大敵アレクサンドル・ガスコインに襲いかかる。

己（おのれ）の権能（けんのう）を『黒い稲妻』として爆発させた彼に、もうあの神速はないという。

厄介（やっかい）きわまりない絶対不可侵（アンタッチャブル）の男を、青白い猛火がいよいよ灼（や）き尽くし、消し炭に変えるはずであった。本当なら。

しかし、予想外の現象が起きた。

放たれた浄（きよ）め火はアレクの体にとどく寸前で、蓮の指へともどっていく……。

「えーーっ!?」

蓮は愕然《がくぜん》とした。

何かの権能をアレクは使ったのだろう。

しかし攻撃を反射するという感じではなかった。まるで動画を巻きもどすように、浄化の焰は自分の指に返ってきた。

そのまま蓮の手を灼くでもなく、指のなかに吸収されてしまった。

ちなみに浄め火を浴びる寸前、アレクはさっと右手を動かした。人差し指で、何かの図形をたしかに宙に描いていた……。

「今のって一体……どうやったの？」

「なに。見てのとおりだ」

アレクがさらりと言う。いよいよ『どや感』の濃くなった澄まし顔で。

「実はこの間、貴様と出会ったあと――少々驚いた。オレと同じく、時間を操る権能の所有者がいたのかと」

「ってことはつまり……」

「ああ。時間を逆流させて、巻きもどした」

うすうす察した蓮を見つつ、アレクはこともなげに告白した。

「貴様の魔眼はどうも複雑な来歴の神より簒奪《さんだつ》したように見えるが、オレの方はいたってシンプルだ。過去を司《つかさど》る女神ラケシスからいただいた」

「過去――それで〝巻きもどし〟かあ」

「ギリシア神話が伝える『運命の三女神』の一柱だな。過去を司るラケシス、現在を司るクロートー、未来を司るアトロポス……。三柱を全て倒すことがかなえば、オレも《反運命の神殺し》と名乗ることにしよう」

冗談なのか、アレクがにやっと笑う。

蓮は両手を挙げて、『降参！』のゼスチャーをした。

「参った。とんでもない隠し球だね。すっかりやられたよ――でも。そいつをこの土壇場まで取ってたのは、つまり、気軽に使いまくれないってことだよね？」

可愛い感じでウインクして、牽制の言葉を投げてみる。

こんなに便利な権能だ。濫用できるなら、是非そうしたいはずだと。

はたして正解だったのだろう。アレクは問いに答えず、代わりに、さらに驚きの事実を明らかにした。

「その辺は想像にまかせるが、こんなこともできるぞ」

「――――！」

蓮は愕然とした。

例の《黒い稲妻》にすっかり破壊されて、壁も天井も床もボロボロの広間にいる。部屋中のガレキから、黒い火花がびりびり発生しだしたのだ。

ひとつのみではない。無数の火花がこの部屋の空気を焦げ臭くして——

「時よ、もどれ。美しき過去を取りもどせ」

アレクが唱えて、人差し指で『△』を描いた。

途端に——無数の火花は黒い稲妻となって、アレクサンドル・ガスコインの長身痩軀へと殺到していく。

しかし、稲妻はアレクを打ち倒しはしなかった。

蓮の浄め火と同じだった。おびただしい数の黒い稲妻は黒王子の肉体に吸収されるだけ。これも《時間逆流》の権能ならば——

「もしかして、さっきのビリビリを撃つ前に巻きもどし⁉」

「正解だ。どれ」

啞然とする蓮の前で、アレクは左手を振る。

その肘から先が腕の形を失い、電光の集まりとなった。一応、腕らしき形状を保っているので、電光体とでも言おうか。

——これはつまり、神速の復活を意味する！

蓮はとっさに魔眼を使い、アレクの時間を止めにかかった。

「冗談じゃない！　そうとわかったら長居は無用だよ！」

アレクが呪力を高めて、時間凍結を解きにかかっていた。

その隙に、蓮は八咫烏＝梨於奈の『翼』を使った。先ほども見せた飛行の力でふわりと浮きあがり、アレクの前から飛び去る。

どう戦うにせよ、相手の土俵ではもうやり合いたくない。

神速のカンピオーネから十分に距離を取り——迷宮のどこともわからない片隅で、蓮は唱えはじめた。

「忽然にして天陰く——。金色の霊しき鵄来りて、皇弓に止まれり。その鵄、光り曄燈き、流電のごとし……！」

やはり、鳥羽梨於奈と八咫烏の切り札だった。

蓮の全身から、黄金の光が噴き出す。

太陽の熱と輝きをレーザー光線として解きはなつ破壊の呪法。それは太く、雄々しく屹立する光の柱となって、大迷宮の天井と床をいくつもいくつもつらぬき、どろどろに溶かしていって、ついに地上へ到達し——

地底と天空をつなぐ一本の柱となった。

蓮の体がレーザー放出をやめる。すぐさま飛び立ち、大迷宮に穿たれた抜け穴のなかをぐんぐんと急上昇し、

「やった！　脱出成功だ！」

晴天の下へと躍り出た。

古代遺跡となれはての砂漠、その砂上に穿たれた抜け穴が見おろせる。ようやく六波羅蓮は地上に帰ってきたのだ。

しかも、遺跡の方角からは『青い鳥』アオカケスが飛んでくる。

「待ってましたよ、ご主人さま！」

「梨於奈！」

頼もしいパートナーともついに合流。

梨於奈は青い鳥の姿で蓮の右肩に止まり、羽を休めた。

「雪希乃(ゆきの)の方はどうなってるの？」

「あっちはあっちですごい軍神——仮名クシャーナギ・ゴードーと対決中です。なんかトントン拍子(びょうし)にレベルアップして、今じゃ神様や六波羅さんたちと肩をならべるくらいになっちゃいましたよ」

八咫烏の生まれ変わりに報告されて、蓮は目を丸くした。

「そりゃすごいね！」

「ま、アホの子属性はそのままというか、むしろ強化されていきそうな兆(きざ)しもあるので、まだまだ今の関係を維持していけそうです。だから、この場は雪希乃じゃなくて、むしろ六波羅さんを補佐すべきと判断しました！」

「ありがたいよ。いっしょにアレクをどうにかしよう！」

ひさしぶりのコンビ復活。

青い鳥となった梨於奈を右肩に載せて、蓮は地上に降下していった。

迷宮の抜け穴から、『ばちぃっ！』と稲光がほとばしり出るのが見えたからだ。その閃きはもちろん神速の電光と化したアレクのはずだった。

抜け穴の近くに、蓮たちは降り立った。

はたして、黒のスーツとコートを身につけたアレクが待っていた。

「あれ、ビリビリ雷になるの、もうやめたんだ？」

「当たり前だ。貴様の前ではすぐに封じられてしまう」

にやりとアレクは微笑している。

地下迷宮を舞台にした駆け引き合戦。そのなかでおたがいの手札、切り札はずいぶんとわかってきた。

「はあぁ……。ブラック王子さま、そんなに曲者でしたか……」

蓮の右肩で青い鳥がうなずいている。

権能《翼の盟約》の効力が復活し、地下で蓮の見聞きしたことが梨於奈の心にも伝わったのだ。彼女はしみじみと言った。

「あっちのペースに巻きこまれると、足をすくわれる可能性大です。油断禁物ですよ、ご主人さま！」

「了解。いよいよ正念場って感じだねえ」

蓮はあらためてアレクと向き合った。

神速のカンピオーネと時を止めるカンピオーネ。前者は神殺しの先達らしい余裕の笑みを浮かべ、後者はあくまで軽妙に大物食いを狙っている。

どちらも人を喰ったところがあり、時を操る。そこが共通点ではあった。

「オレと貴様は、ある意味で似たもの同士だ」

おもむろにアレクが言った。

「その分、なかなか展開の読めない勝負になりそうだな」

「いいじゃない。ノリまかせの出たとこ勝負は僕の大好物。アレクはちがうの？」

「はっきり言って好かんな。オレは緻密で美しい計画こそを何よりも尊重する。……が、ただまあ、臨機応変の素養もそれなりにあってな」

人なつっこく話しかけた蓮へ、アレクは人の悪い笑みを見せた。

「出たとこ勝負で貴様に負けることもないだろう」

カンピオーネ同士の対決、最終局面を迎えていた。

2

運命に選ばれし勇者と反運命の戦士、こちらの決戦も佳境であった。

黒き鋼鉄の弓を手に、少年クシャーナギ・ゴードーはつぶやく。

「ラーマ王にこの弓を授けたのは、そも雷神インドラであったと仄聞する。我とも幾ばくかの縁を持つ神じゃ。これも奇縁よな……」

「インドラ――って、帝釈天さまじゃない！」

日本国の神裔である雪希乃にとっても、なじみ深い名前であった。

「そんなすごい神様にひいきしてもらえるなんて、さすが先生だわ！　あれ？　待って、反運命の戦士であるあなたと帝釈天さまにどんな縁があるというの……？」

迂闊にも雪希乃は気づかなかったが、目の前の少年は『神』なのだという。

尚、それを教えてくれた梨於奈お姉さまは、もういない。

クシャーナギ・ゴードーが弓と矢筒を呼び出した直後に、青い鳥に変身して、どこかへ飛び去ったのだ。

『ちょっと抜けます！　六波羅さんの方もかなりピンチっぽいので！』

とだけ、言い置いて。

もちろん雪希乃は『お姉さま！』と呼び止めたのだが、お姉さまは脇目も振らずに去っていった。これほどの軍神と戦闘中の自分を置き去りにして。

当の対戦相手は、雪希乃がつぶやいた疑問にうすく微笑していた。

「ふ……。かの雷神と我の生地は近いのじゃ。我が故郷においてインドラ神と同等、同質の神格といえば、我であった」

「た、帝釈天さまと同等ですって⁉」

生まれも育ちも葛飾柴又、帝釈天で産湯を使い――。

その口上がある意味で決めゼリフの映画シリーズ、実はヤクザ映画とならんで、雪希乃のお気に入りであった。

おかげで愛着のある神名と、少年の姿の軍神は同格を誇るという。

思わずぎょっとした雪希乃へ向けて、彼はいよいよ新たな矢を弓につがえた。

「そうである以上、我にとってはこの剛弓もなじみの武具と同じ。今の持ち主があつかい切れぬのであれば――」

今回、選ばれた矢は紅蓮の矢羽根であった。

弓弦が引きしぼられ、少年の指はおもむろに矢羽根を放す。

「こうして、我が使うのもよいかもしれんな！」

「く――――っ！」

飛んできた矢の小さな鏃を、雪希乃は中段青眼の構えから斬り伏せた。

まさに剣神の化生ならではの神業。しかし、救世の神刀と鏃が『きん！』とぶつかった瞬間に爆発が起きた。

「きゃああああああっ!?」

「筋はよい。だが、まだまだ青いのう！」

「ううううっ、こんなんで負けるものですかあっ！」

上から目線の大敵に、雪希乃は吠えた。

至近距離の爆発にもひるまず、一歩も引かず、神刀もしっかり構えたまま。

鋼の強度を得た我が身も軽傷だった。ふつうの人間でいえば、ちょっと火ぶくれができた程度のダメージだろう。

かつての雪希乃なら、為す術なくふっとんでいたところだ。

攻めの姿勢を崩さない剣神の申し子に、三本もの矢が追い打ちで飛んでくる。

「鋭ッ！　矢ァッ！　倒ッ！」

声と共に雪希乃は気を発して、三太刀を繰り出した。

飛来する矢をまたしても狙い、中段の構えから三度も救世の神刀は閃いて、みごとに小さな鏃の部分のみを寸断した。

いずれも紅蓮の矢羽根の矢。やはり三回の爆発が起きた。

それでも雪希乃は構えを崩さない。クシャーナギ・ゴードーに隙あらば、一息に飛びこんで太刀を浴びせる心づもりだった。

しかし、どれだけ雪希乃が最小最短の斬撃で矢を落としても——

「ふふふふ。愛い、愛い。よき子じゃ、よき子じゃ！」

少年神はいち早く矢筒より矢を呼び、弓につがえていた。

圧巻の弓矢さばきに、雪希乃は戦慄してしまった。

刀剣を振るう方が、本来は断然すばやいはずなのだ。何しろ弓の場合、矢を手に取って、弦につがえ、それを引きしぼって、ようやく攻撃の準備が完了となる。にもかかわらず、クシャーナギ・ゴードーは常に雪希乃より速い。

（――武芸の技倆でも劣っているってこと!?）

ひそかに悟りつつ、次々と飛んでくる紅蓮の矢を斬り落としつづける。

元の世界では敵なしの剣客であった物部雪希乃を武で超越する敵手ばかり。まったく英雄界ヒューペルボレアは恐ろしいところだった。

雪希乃は心から戦慄し、しかし同時に、興奮もしていた。

「これで燃えなきゃ、女がすたるってもんだわ！」

もう――ちまちま一本ずつ矢を落としていられない。

「いやあああああっ！」

裂帛の気合いを放ち、上段火の構えに神刀を構える。

雪希乃は全身から無数の電光を放出しつつ、矢を向ける少年神めがけて、まっすぐに突っ込んでいった。

放たれる紅蓮の矢は、鋼の強度を得た我が身ではじく覚悟だった。

「いざ――勝負！」

「ならば、これはどうじゃ」

雪希乃は瞠目した。クシャーナギ・ゴードーの手元を見て。

彼の右手がつがえた矢。その矢羽根の色が一瞬にして、紅蓮から深緑色に変わっていた。そして放たれる。

深緑の矢が雪希乃の胴体にぶち当たる。

きいん！　硬質の物同士がぶつかり合う金属音が響く。

矢は雪希乃の体に突き刺さらなかった。爆発も起きなかった。

――だが、磁石の同じ極をくっつけ合ったときのような反発力が生じて、雪希乃は堪らず、ふっとばされた。

「きゃあああああっ！」

「硬い鋼鉄が相手ならば、何も真っ向から打たずともよい。このような奇手もある。やはり青い青い」

少年のくせに、クシャーナギ・ゴードーは老爺のように言う。

おそらくは磁力を操る矢だったはずだ。それを瞬時に選び、奇術のように射る寸前の矢とすり替えて、撃ち放った。

まさしく老練としか言いようのない戦いぶりである。

格の差を見せつけられた雪希乃は、仰向けに倒れたまま青空を見あげていた。

ただ、ふきとばされただけ。が、そのときの衝撃はかなりのもので、全身をしたたかに打ちのめされてしまった。

背中全体にじんじんと鈍痛が走っている。

頭も朦朧としていた。後頭部も強く地面に打ちつけてしまい、脳震盪を起こしかけているようだった。

それでも立ちあがらなくてはと、ぼんやり考えたとき。

「あ――――」

ふと、あることを思い出した。それもかなりの重要事項を。

「お、お姉さまがいなくて、かえってよかったかもっ」

思わず安堵する雪希乃だった。

梨於奈がいれば言いそうなことを、すぐに想像できた。

『そんなに大切なこと、頭を打った拍子に思い出すなんて……雪希乃の頭はとことん雑にできていますね。ほんとにアホの子なんですから――』

とか何とか、あきれ顔で。

梨於奈の不在に感謝しつつ、雪希乃は身を起こした。

救世の神刀を杖にして、よろよろと立つ。魔王殲滅の勇者としてはかなり頼りない姿へ、クシャーナギ・ゴードーが弓矢を向ける。

「さて。おぬしの師も使ったはずの矢でとどめといくかのう」

「まだまだよ……！　考えてみれば私――」

神刀を左手に収めて、雪希乃は丸腰になった。

「弓矢以外にもたくさんの武具を先生からいただいていたんだわ！」

「何じゃと!?」

弓と矢筒を使える今なら、あれらの武器も解放できるはず。

はじめは救世の神刀すら抜けずに苦労したので、ずっと忘れていた。

尚、クシャーナギ・ゴードーは驚きとあきれを両立させた顔で雪希乃を見つめ、つぶやいている。

「なんとまあ。そのような大事を頭から消し去っていたとは――。よく言えば、器の大きな娘じゃのう！」

「ありがとう。お礼に先生の贈り物、見せてあげる！」

もしかして皮肉かしらといぶかしみつつも、雪希乃は美しき師を想う。

「救世の武具たち――我が師《ラーマ》の英名のもとに、顕れよ！」

天から、数々の武器が降ってくる。

見るからに由緒ある宝剣。太々とした赤柄の長槍。ぶあつい両刃の斧。みごとな彫刻で装飾された鉄の杖。飾りのついた紐。レンガのような直方体の石。金属製の輪。たくさんの種類の手裏剣。五芒星の形のナイフ。等、等――。

さまざまな武具がおおよそ一〇〇個前後も降ってきたのである。

それらは雪希乃を取り囲むように落ちて、地面に突き刺さっていた。手をのばせば、すぐに得物を調達できる。

雪希乃はとりあえず両刃の斧を引き抜いた。しかし。

すぐに気づいた。

「あ――私、斧って使ったことないわ」

そのときにはもうクシャーナギ・ゴードーが弓弦を引きしぼり、青色の矢を射るところであった。雪希乃は反射的に体を動かした。

重く、大振りな両刃斧を――片手で投擲したのである。

軽い手斧のようにくるくる回りながら、両刃斧は少年神へと飛んでいく。

しかも飛びながらバチバチと放電をはじめ、しまいには雷撃となってしまった。両刃斧の変化した雷と、射られたばかりの矢が空中で激突した。

ダァァァアアアンッッッ！

雷鳴のとどろきが激しく鳴りひびく。

雪希乃の雷とクシャーナギ・ゴードーが放った矢、共に消滅していた。

「ふむ。救世の雷を放てるようになったか……」

「どうやら、むずかしく考える必要はないみたいね！」

ここから雪希乃の猛攻がはじまった。

地面に刺さった武器を、手当たり次第に取っては投げ、取っては投げを繰りかえす。武器はたちまち強烈な雷撃となって、少年の姿の神を襲う。

クシャーナギ・ゴードーはいそがしく矢を撃ち、雷を消滅させていく。

ならばと、雪希乃は武器を投げながら、

「おねがい！　投げてるヒマがないから、勝手に行ってもらえる!?」

ちらりと視線を動かした。

そのアイコンタクトに応えて、手のとどかない位置に刺さっていた長剣はひとりでに浮きあがり、クシャーナギ・ゴードーへと飛んでいって、雷撃と化した。

ほかの武具にも同じことをしたら、やはり勝手に動き出してくれた。

かくして――

雪希乃は手と目を駆使して、怒濤の猛攻をつづけていく。

手近な武器を投げれば雷撃となり、すこし遠くの武器を見れば雷撃となる。

「なかなかいそがしくなってきたのう――！」

不敵につぶやきながら、クシャーナギ・ゴードーも矢を射つづける。

もはや彼は一本ずつではなく、五指の間に矢を複数挟み、なんと一射で四本もの矢を撃ち放って、怒濤の雷撃陣に対抗していた。

次々と雷どもは打ち消され、いまだ少年の体に手傷はない。

しかし、消された雷撃のもとになった武器が——また天から降ってきて、雪希乃近くの地面に突き刺さる。

それを雪希乃は再利用して、攻め手を途絶えさせない。

まさに戦闘開始の前、清秋院恵那が〝予言〟したとおりであった。

『ああいう子はむしろ——調子に乗ってるときの方が実力以上のものを発揮して、手強くなるもんだよ』と。

そして、雷撃の猛襲がますます勢いづいていった矢先。

クシャーナギ・ゴードーの手から鉄弓が消え、足下の矢筒も消え失せた。

「ついに降参する気になった!?　私の方はべつにいいわよ!」

「いいや。おぬしを一箇の勇者として認めただけじゃ」

調子づく雪希乃に対して、クシャーナギ・ゴードーは静かだった。

今もその身に多数の雷撃が迫るというのに、静かにアルカイックスマイルを唇に浮かべ、ひそやかにつぶやいた。

「我を畏れるがいい。ラーマ王の武具たちよ。我が真名と——黄金の剣を畏れよ」

少年の姿の軍神、その右手に輝く剣が顕れた。

その刃は黄金にして細身である。クシャーナギ・ゴードーは宝飾品にも見える長剣を高々と天にかかげて、朗々と唱える。

「我が真名ウルスラグナと《東方の軍神》の武を畏れよ！　我はあらゆる障碍を打ち破る者にして、智慧の剣を振るう者。力ある者も不義なる者も、我を討つあたわず！　退け、ヴィシュヴァーミトラ仙より贈られし武具どもよ！」

「え——っ？」

雪希乃は唖然とした。

少年に殺到していった雷撃の全てがことごとく消えたからだ。彼は黄金の剣の切っ先をただ天に向けているだけなのに。

しかも今までとちがい、武器が天から降ってこない。

雷撃がかき消されるたび、傷ひとつない姿で師の武具は帰ってきたのに！

「英雄ラーマチャンドラは若かりし頃、師である霊仙と神々より山ほどの武具を給わり、その武徳の一部と成した。しかし、偉大なるかなラーマ王子——。英雄を英雄たらしめたものは贈り物などではなく、あくまで彼自身の武と才気であった。彼を慕うものたちの助太刀と奉仕であった。それらは百万の武器をも超える力であった！」

英雄ラーマを語るクシャーナギ・ゴードーの声。

その言葉は言霊であり、黄金の剣の輝きを燦然たるものに高める源であった。そして、この光輝に照らされて――

雪希乃の呼んだ師ラーマの武具は、全て消滅してしまった。

「ど、どういうこと⁉」

いぶかしみながらも、雪希乃は本能で駆け出していた。

クシャーナギ・ゴードー（いや、真の名前は何だと名乗った？）は今、すさまじい力を行使している。その直感に突き動かされて、雪希乃は斬りかかっていた。

一秒でも早く、クシャーナギ・ゴードーを倒さなくてはと。

が、わずかに間に合わず――

「初々しい娘よ。魔王殲滅の勇者にして、剣神タケミカヅチの生まれ変わりよ」

ささやくクシャーナギ・ゴードー。

その左手には黄金の剣がもう一振り、にぎられていた。輝く長剣を左右の手に持つ二刀流であった。

しゅん！　黄金の刃が空気を切り裂く音だった。

クシャーナギ・ゴードーは左手の剣を鋭く横に薙いで、雪希乃の打ち込みをはじきとばしてしまった。

「遥（はる）か極東の島国……その国父が神刀を振るい、火之神（ひのかみ）を殺（あや）めた。刃についた血より生まれた神がタケミカヅチよ。布都御魂剣（ふつのみたまのつるぎ）なる刃（やいば）に化身（けしん）して時の王に助太刀し、覇業を成就（じょうじゅ）させたともいう――」

「そ、そのとおりだけど、よく知ってるのね……」

「ふ――っ。智慧の剣を抜くものにとっては造作もないこと」

左右の手に一振りずつ剣を持ち、淡い微笑を浮かべる少年。

呆然とする雪希乃へ、誇らしげに告げる。

「この剣を取った我、ウルスラグナの言霊は……神々の来歴を明らかにし、つまびらかにするもの。叡智（えいち）に満ちた言（こと）の葉（は）は、そのまま神を斬り裂く刃となる。此度（こたび）の二振り、ひとつはラーマ王の神格を切る刃。もうひとつはタケミカヅチとやらを切る――」

物部雪希乃は剣神タケミカヅチの生まれ変わり。

救世の神刀もまた己（おのれ）自身の一部である。己の神格を切ると言われて、視線を落とした瞬間に驚愕した。

それもヒューペルボレアに来て以来、最大最高の驚きであった。

「救世の神刀が――切られちゃってる!?」

今、少年の剣に払われた雪希乃の神刀。

その切っ先あたりがきれいに断ち切られていた。魔王殲滅を成就するために存在するはずの神刀、究極の聖剣が！

「あらためて真の名を唱えよう。我はウルスラグナ、勝者であると」

少年の姿をした軍神はおごそかに言った。

「神殺しどもとは妙な奇縁があってな。今回、クシャーナギ・ゴードーなる者の影武者を務めてみた。我が叡智の剣を前にしては、いかなる神の力であってもむなしく斬られ、敗北するのみ。無論、そなたも例外ではないのじゃ」

「そんな——!?」

雄々しく笑う軍神ウルスラグナを前にして、雪希乃は底知れない恐怖を覚えていた。

3

「さて。貴様はなかなかとぼけた男だが……」

おもむろにアレクが言った。

周到に用意した《大迷宮》という陣地を失ったくせに自信満々。それでいてあからさまな闘志は見せず、今までどおり斜にかまえている。

そんな男がぶしつけに六波羅蓮を眺め、にやりと笑う。

「前回と今回で……おおむね正体がつかめた。時間を止める権能。どこからか物品や能力を融通してもらう権能。そして、その鳥――すさまじく強力なパートナーだ。もはや眷属、顕身の域ではないな」

「そうでしょう。わたしという最高の補佐役に注目するとはさすがですね！」

蓮の右肩に止まった青い鳥が胸を張る。

するとアレクはうなずいた。

「火の鳥を使役するだけでなく、その能力まで自分のものとして借用できる。かなりユニークな関係だ。そして六波羅蓮――貴様自身には、そこまで攻撃力はない。だからこそ、今まで正体を隠していたのだろうが」

「ははは。単に『魔王さま！』みたいなのが性に合わないのもあるよ」

言い当てられて、蓮は苦笑いした。

第一の権能《因果応報》を失って以来、打撃力・決定力ともに激減してしまった。相方の梨於奈も小鳥に変身させられた。

そこで苦肉の策として、カンピオーネだとは極力明かさない方針になったのだ。

「まあ、おかげで雪希乃のお供ができるんだけど」

「オレとしても、魔王殲滅の勇者のそばに貴様のような爆弾がひそんでいる状況、いざというときに活用できそうなので、是非つづけてほしいところだ。だが、その前に――オレと貴様のいざこざにけりをつけておこう」

宣言したアレクは、おもむろに唱えはじめた。

「……聞け、夜の娘たち。悪には悪を、鮮血には鮮血を返し、復讐の嚆矢とせよ」

「その呪文は――六波羅さん、復讐の言霊です！」

「えっ？　それって、さっきのカウンターのやつ!?」

梨於奈の指摘に、蓮は驚いた。

こちらが攻撃した瞬間・直後に放たれるから、カウンターパンチは効果的かつ威力絶大なのだ。同じ技の使い手だった蓮にはわかる。

その権能を、今あえて用いたアレクサンドル・ガスコイン。

長身の美男である貴公子の頭上および、右側と左側に――さっきもかいま見た蛇髪の女神たちが三体も顕れた。

「さあ――オレの方は万全の備えだ。先手を譲ってやろう」

「って、そういうことか！」

露骨に《復讐の女神》を待機させて、蓮からの攻撃を誘う。

それをいつでも跳ね返せるぞというアピール。これでは逆に攻撃しづらい。どうしても先の展開を考えてしまう。

蓮はいそがしく思案した。

（時間凍結を仕掛けて、それを返されたら、逆に僕の時間が止まっちゃう）

（いや待てよ、アレクのカウンターに僕の魔眼が勝てるかもしれないよな。でも、そのときは例の黒いビリビリを使われちゃうか……）

（あの電撃だけは凍結できないもんな）

（うわあ。どうやっても詰んじゃいそうで、本当に攻めづらい……）

（何よりアレクには『巻きもどし』があるし――）

この対決、常にアレクが主導権を握ってきた。

ああも仕掛けの充実した《大迷宮》に落とされた時点で、それは仕方ない。

だが、あの迷宮を脱出しても尚、主導権はあちらのものだった。

隠しておいて、ここぞという局面の罠として使うべき《復讐の女神》をあえて見せつけることで、みごとに蓮を手玉に取っている。

今度は思考の迷路に囚われて、蓮は閉口してしまった。

（こういうチェスの読み合いみたいなのは苦手なんだよね……）

（正直、わたしもです。本当に毛色の変わったカンピオーネさまですね）

青い鳥として寄りそう梨於奈が念を送ってきた。

（どういう攻め方をしても、どこかで一手足らなくなる気がして、正直、なかなか思い切って行きづらいですよ）

（梨於奈もそう思うかあ）

蓮はぼやいた。

駒を取り合いながら、敵のキングにチェックを掛けにいく。

そのノリでああだこうだ考えていくと、どうしてもアレクに有効な権能や道具がもうひとつ必要だと感じるのだ。

（トールのハンマーはもう借りちゃったからな……）

たしかに、蓮の《友達の輪》は強化された。

だが、同じ相手に連続してのおねだりはできない。すくなくとも一日は間を開けないとダメだった。

（アレクに通じそうな力か武器を持ってる友達……友達……）

残念ながら、誰も思いつかない――

「あ」

「ほう。突破口を見つけたか？」

あることに思い至った蓮を見て、アレクが声をかけてきた。

あいかわらず三体の蛇女神に守られながら、蓮の先手を待っている。受け身でありながら、六波羅蓮を完璧に手のひらの上で転がしている。

先の先を読む知力・洞察力では、到底かなわないのは明らか。

ならば――蓮はへらっと笑った。

「うん。僕がどれだけ愛されてるかが勝負の鍵だってね！」

「妙なことを言う……が、カンピオーネという輩はどいつもこいつも変人ぞろいだからな。どうせろくでもない思いつきだろう。せいぜいやってみろ」

「そうさせてもらうよ。でも」

蓮はわざと可愛く笑って、ウインクした。

「かなりの変人のアレクが今のを言うと、すごく説得力あるね」

「ケダモノのようなほかの連中と……オレをいっしょにするな！」

憤慨する黒王子に、蓮はからかうように舌をちろっと出した。

翻弄されるばかりだったが、ひさしぶりにやり返せた。しかし、舌戦だけでなく本当の勝負でも彼の上を行かなくてはならない。

「そういうことだから、頼むよ梨於奈！」

「了解です！　毎度のことですけど一か八かの乾坤一擲ですねえ！」

右肩から青い鳥の梨於奈が返事する。

蓮の無謀とも言える思惑は、すでに念で伝えていた。異を唱えないのは、ここまでしなくては勝てない大敵だと痛感しているからだろう。

おもむろに梨於奈は唱え出した。

「忽然にして天陰く――。金色の霊しき鵄来りて、皇弓に止まれり。その鵄、光り曄燈き、蓮が放つものだった。

ただし詠唱したのが梨於奈でも、これはあくまで、彼女から借りた『八咫烏の力』を使って
火と日の精である八咫烏の神威を以て、陽光を撃ち出す。

秘法《金鵄之大祓》――。

「流電のごとし……！」

カンピオーネとしての絶大な呪力ゆえに、本来の使い手よりも威力は上となる――。

蓮は右手の人差し指と中指をそろえ、アレクに突きつけた。

そろえた二指からは、まばゆい閃光が奔流となって放出されていった。

「とりあえず一手目、いってみよう！」

すかさずアレクは《復讐の女神》へ伝える。

「今が復讐の時だ！　やれ！」

「やっぱりカウンター、来たね……時間よ止まれえっ！」

アレクを灼き尽くすはずの閃光が三女神によって、命中寸前で軌道を変えた。

そのまま蓮の方へと、跳ね返ってくる。間髪をいれずに《時間凍結の魔眼》を使った。左目
が虹色の光彩を宿し、呪詛の波動を解きはなつ。

時よ止まれという、凍結の呪詛――。

黒王子アレクと《復讐の女神》、何より跳ね返された大祓の閃光を止めるための。

虹色の光に照らされて、それらの全てが静止する。どこまでも直進していくはずの閃光さえも、みごと凍結させていた。

なんとも奇妙で神秘的な光景だった。

が、しかし、ひとつだけ動きを止めていないものがある。

「思ったよりもシンプルな手で来たな。なら、これでチェックメイトだ……！」

アレクは当然、無数の黒い火花を全身に帯びていた。

神速の権能《電光石火》。その攻撃形態だという《黒い稲妻》。恐れていた切り札の発動を見て取って、蓮は──

左手首に巻いた紐、ステラの腰帯を見つめた。

薔薇色の輝きを放つ神具へ、ひそひそ睦言のようにささやく。

「……頼むよ。僕のなかにまだいるんだろう？　君の力をまた貸してほしいんだ」

心臓の上を左手で押さえて、蓮は両目をつぶった。

「命に仇なす悪行へ、報復の女神は神罰を下す……」

その兆候に気づいたのは、二度目のヒューペルボレア訪問後だった。

自分たちの世界を救うために、終末の女神と化したアテナと決戦し、蓮が第一の権能《因果応報》を失った直後のことだ。

英雄界をぶらぶら旅するうちにふと思った。

「あれ？　僕ってここまで身軽だったっけ？」

もともと運動神経はきわめてよかった。身体能力も高い。

だが、それでも、梨於奈から「その動きのよさはむしろ気持ち悪いです」と、じとっと見つめられるほどではなかったような……。

まるでアニメのキャラさながらに駆けまわり、跳躍して、アクロバットできる。

いまひとつ現実感のない身の軽さ、機敏さ、運動能力。

しかし、蓮にとってはなじみ深いものでもあった。

――かつての権能《因果応報》は、ただのカウンターではない。

神速の逃げ足でアクロバティックに回避を重ねながら、受けた攻撃の数々をストックし、ここぞというときに解放するのである。

女神ネメシスが主神ゼウスの求愛より逃げまわった神話に由来する。

蓮もさんざんお世話になった逃げ足だ。

ということは、もしや――

「ネメシスさんの権能は封じられただけで、一応は僕のなかにまだあるってこと？」

そして『ちょっとだけ人間離れした程度の身軽さ、すばやさ』として、今も六波羅蓮のなかに居つづけてくれているのではと。

蓮はそう考えるようになった。

だから今、アレクの《黒い稲妻》を前にして訴える。

「イヤになって出ていったんじゃないのなら——僕のこと、まだまんざらでもないなら、頼むよネメシスさん！」

閉ざしていた両目を開き、右手をアレクに突き出す。

今度も人差し指と中指をそろえている。権能《因果応報》を繰り出すときは、いつもこうしていた。

そして蓮は——四つん這いになり、神速で駆け出した。

黒い電光が無数の矛となって、自分めがけて殺到してくる。それをかいくぐるために身を低くしたのだ。

四つん這いだから、まさに豹かチーターのごとく四つ足で駆ける。

向かった先は黒王子アレクの眼前。愕然とする彼に、今こそ至近距離から《黒い稲妻》をカウンターでたたきつける！

「正義の裁き、かくあれかし——！」

「時よ、もどれ！　美しき過去を取りもどせ！」

同時だった。

蓮の突き出した二指から黒い電光がほとばしるのと、アレクが叫ぶのは——。そして、時間が巻きもどっていく。

稲妻は人差し指と中指にもどり、蓮は四つん這いのまま神速で逆走し、元の位置に。

かくして、黒王子アレクは我が身を守り切ったのだ。

蓮は舌を巻いた。こちらが神速で動き出す直前に決断し、《時間逆流》を行使していないと間に合うはずがない――。

おそろしい勝負勘と決断力であった。

「すごいなアレク。よく間に合ったもんだよ……」

「貴様の目……バカげた挑戦を成功させる直前のカンピオーネに特有の目だったからな。とっさにオレも反応してしまった――うっ！」

またも時間を逆流させた男は、急に胸のあたりを手で押さえた。

顔色が悪く、脂汗も頬を伝っていく。あからさまに体調を崩しているようで、ついに膝も折ってしまった。

これではもう、戦うどころではないだろう。

「六波羅さん！　時間逆流の副作用ですよ、たぶん！」

右肩の青い鳥・梨於奈が早口で言った。

「何でもリセットできちゃう超すごい力ですっ。その分、連続使用はやっぱり負担が大きいんでしょうっ。もう三度目ですからね！」

「そういうことか……」

今、魔王殲滅の勇者が英雄界ヒューペルボレアを闊歩している。

そのなかでカンピオーネの数を減らすのは、決してよいとは思えない。とどめをわざわざ刺すのも性に合わない。

だったら当の勇者が使った手段を真似するのもアリ——蓮は口を開いた。

「ねえ梨於奈。君の陰陽道ってやつとか、八咫烏のパワーでさ。アレクを『封印』、できたりしない？　雪希乃がやったみたいに」

思いつくまま、蓮は提案してみた。

「いつものように、僕の力を使ってくれていいから」

「六波羅さんの呪力がもらえるなら、できなくはないですよ。たしかに、今なら相手は抵抗できませんしね……」

梨於奈はちょっと考えこんで、さらに言った。

「羅濠教主も大地に封じられてるし、同じ感じでやっちゃいましょう」

「人が動けないのをいいことに、堂々と妙な相談をするな！　くそっ、まさか貴様も『報復』の権能を隠していたとは！」

「隠してたわけじゃないんだ。昔のいい人から、ちょっと借りただけ」

いつものクールさを返上して、アレクが毒づいている。

自分がまだ『愛されている』と確認できた蓮は、余裕の笑みであった。一か八かの乾坤一擲の賭け、薄氷(はくひょう)の勝利であったことはおくびにも出さずに。

4

クシャーナギ・ゴードーは偽名であった。

真実の名が《軍神ウルスラグナ》だと明かした少年神は、黄金の剣を二振りも左右それぞれの手に持っている。

右は英雄ラーマの神性を切り裂き、左はタケミカヅチの神性を切る刃(やいば)であった。

「まさか私の——救世(きゅうせい)の神刀まで切っちゃうなんて……」

雪希乃(ゆきの)はうめいた。

切っ先あたりを断ち切られた愛刀は、尚も煌々(こうこう)と白金色に輝いている。神気はいまだ旺盛(おうせい)であり、決して敗れたわけではない。

だが、雪希乃は直感していた。

少年の左手にある剣を受ければ、自分の体は易々(やすやす)と切り裂かれると。

タケミカヅチの神性を覚醒させて、物部(もののべ)雪希乃の肉体は超合金じみた頑丈さ、強靱(きょうじん)さを得たというのに！

おののく雪希乃に、ウルスラグナはすたすた歩みよってくる。

無造作な歩み。しかし、それは武の極意をきわめたがゆえの無駄のなさだと、いやになるほど雪希乃にはわかった。

あの羅濠教主と同等、否、それ以上の使い手かもしれない――。

「く……っ！」

「ふふ。すばしっこいのう、勇者どの」

ウルスラグナの左手が『すっ』と剣を突き出してきた。

攻撃の兆しを一切感じさせないほどに何気ない動きすぎて――雪希乃ほどの剣客が一瞬、反応しそこねた。

それでも、どうにか跳びのいて避けた。

いつも後の先、対の先など日本剣術の粋を尽くした返し技で敵手の攻めを呑みこんで、一剣必勝の神技を披露する物部雪希乃が！

あせる雪希乃へ、ウルスラグナは二度、三度と斬りつけてくる。

これも必死の体さばきで右へ避け、左へ避けて、かろうじてしのいだ。

「ううむ。まじめにやらねば、捕まえきれぬ、か……」

ウルスラグナの右手にある黄金の剣がふっとかき消えた。

英雄ラーマを切る剣はもう不要と断じたのだ。一剣のみに集中し、逃げまわる獲物を的確に追いつめようという意図だ。

冷や汗をかいていると自覚しながら、雪希乃はつぶやいた。

「まさか変身を繰りかえしてたときより、剣と剣の真っ向勝負になってからの方が厄介なんてね……」

だが考えてみれば、これこそ剣神の生まれ変わりにふさわしい戦い。

剣を取っての立ち合いこそが己の真骨頂なのだから、どこまでも自分をつらぬき、限界を超えるべし！

開きなおって、雪希乃は神刀を大上段に振りあげた。

「全てを一刀に託す《一の太刀》こそ、私の身につけた剣の真髄！　ややこしい名前の軍神さん、日本を代表する剣の神の申し子として、あなたに挑むわ！」

「ほほう。これはこれは……」

守りを捨てた構えの雪希乃。ウルスラグナは切れ長の目を細めていた。

「なんと思い切りのよい娘じゃ。そのような心根はきらいではない。よかろう、尋常に勝負といざ参ろう！」

「望むところよ！」

闘志満々で雪希乃は吠えた。

大上段のこちらに対して、ウルスラグナは無造作に左手で剣を持ち、その切っ先を雪希乃の胸に向けている。

間合いは一足一刀。両雄同じタイミングで踏み込み——

共に真正面から、愛剣を振りおろす！

ギィンという金属音が高らかに響き、雪希乃は我が目を疑った。

「あ——ウソっ!?」

「思い切りのよさは買う。が、威勢だけでは、やはりこうなる。我の剣はそなたの神性を切り裂くと申したじゃろう」

ウルスラグナが淡々と言った。

ふたりの斬撃は真正面からぶつかり合い、ウルスラグナの振りおろした剣が救世の神刀を切り裂く形となったのだ。

神刀の刃は鍔元近くで断ち切られ、どこかへ飛んでいった。

武器を失った雪希乃はすばやくあとずさって、ウルスラグナから距離を取る。考えての行動ではなかった。

体に染みついた武術が——勝手に足を動かした結果であった。

それを見て、軍神ウルスラグナはアルカイックスマイルを浮かべる。

「ま、その無駄に考えないところ、たしかにそなたの本領ではあるのだろうがな……」

「ううううっ。今回はちょおっと作戦ミスしちゃったわ……」

さすがの雪希乃も困りはてていた。

両手で構える救世の剣、刀身のほとんどを失っている。

これ、絶体絶命のピンチかしらと途方に暮れたとき――待ちに待った声が雪希乃の耳に飛びこんできた。

「苦戦してるようですね、雪希乃！」

「お姉さま!?」

青い鳥の姿で梨於奈が勢いよく飛んできて――

そのまま、雪希乃の胸のなかに吸いこまれていった。

もう何度も経験している『一体化』だ。霊鳥・八咫烏と剣神の生まれ変わり、ふたりの魂は雪希乃の体内でひとつに溶け合い、和合を遂げた。

そして、臍下丹田からはすさまじい霊力が滾々と込みあげてくる！

「お姉さま、これって例の――」

『はいっ。《スーパーサイヤ人の法》も復活、今から仕切り直しです！』

梨於奈の念が伝わってくる。

勇気百倍、雪希乃はにわかに奮い立った。

剣神として覚醒を遂げた結果、すでに雪希乃は軍神ウルスラグナにも見劣りしないほどの霊力をその身に宿していた。

それが梨於奈の助太刀でさらに高まった。

もはや真なる神であるウルスラグナをも凌駕するほどに——。

「すごいパワー！　これなら、さっきの二の舞にはならないわ！」

ぐっと拳を握りしめる雪希乃。が、ふと気づいた。

「あら？　そういえば今回……《盟約の大法》が効いてなかったわね？　いちばん最初にここへ来たときは勝手に発動したのに」

そう。あのとき雪希乃は、たしかに神殺し三名の気配を感じた。

しかし覚醒後、満を持して再挑戦しにもどってきたときは何も感じず、《盟約の大法》の後押しも発生しなかった——。

「変ねえ……」

『雪希乃。今はそれどころじゃないですよ。それに運命の修正力ってやつ、ヒューペルボレアじゃ発動しにくいそうだから、ムラがあってもおかしくないでしょう』

「それもそうね！　ごめんなさい、無駄話だったわ！」

あらためて雪希乃はウルスラグナと向き合う。

圧倒的な霊力に裏打ちされた剣神の生まれ変わりを前にしても、少年の姿の神は飄々としたままであった。

「ふふふ……。敵が力で勝るのであれば、こちらは技巧と叡智で上を行けばよい。我が十の化身を以てすれば、たやすいことよ」

「どうかしら、それは！」

微笑する軍神へ、雪希乃はたたきつけるように言った。

「あなたの変身にはさんざん翻弄されたけど、おかげで私、ひとつ悟ったわ」

「ほほう、何をじゃ？」

「さっきの自分――《一の太刀》であなたに挑んだ私の決断、まちがっていなかったと。そうよ。敵の力や武器がどんなに多彩でも、こちらに究極の一太刀さえあれば……全てを切り払って、勝利を掴み取れる！」

「言うは易し、じゃのう」

ウルスラグナの微笑が苦笑へと変わった。

「それができなかった先の失敗に、まったく懲りていないとは！」

「ちがうわ！　一度失敗したからこそ、自分に足りなかったものに気づけたの。今から実際に見せてあげる！」

ほとんど刀身のない救世の神刀を手に、雪希乃は唱えた。

「救世の武具たち――我が師《ラーマ》の英名のもとに、顕れよ！」

一度はウルスラグナに消された武具たち。

増大した霊力を使って、ふたたび雪希乃は呼び出した。天より一〇〇個あまりもの武器が降ってきて、どすどすと地面に突き刺さっていく。

長剣、槍、戦斧、手裏剣、ナイフ、レンガ等——。

いきなりすぎる『武具の雨』を目にして、青い鳥の梨於奈が驚く。

『ゆ、雪希乃？　このたくさんの武器は一体……？』

「あ——えっと、桃太郎先生からの餞別ってところ！」

存在を忘れていたことは隠して、雪希乃は報告した。

だが、もちろんこのままでは使えない。

軍神ウルスラグナの右手には、早くも黄金の剣が顕れている。英雄ラーマを切る剣にまちがいないだろう。

「いまいちど我が双剣に挑むがいい、娘よ！」

「だったら私は《一の太刀》だわ！　みんな——ここに集まって！」

雪希乃はまたも救世の神刀を大上段に構えた。

刀身をほとんど失った愛剣《建御雷》。そして本来、白金色の刃が燦然と輝いているはずの剣めがけて——

みんなが殺到してきた。

師・桃太郎こと英雄ラーマが雪希乃に託した武具たちだった。

地面に突き立っていた剣、槍、斧などのあらゆる武具がひとりでに浮きあがり、雪希乃の手元へと飛んできて、救世の神刀と融合していく。

全ての武具を吸収したのち、神刀は新たな刃を誕生させた。

今まで以上に燦然と――いや、もはやギラギラとした輝きを放つ白金の刃であった。

『いわくありそうな武器がすごい数だったのに！』

賛嘆する梨於奈の念が伝わってきた。

『全部ひとつにまとめちゃいましたか！　とんでもない力技です！』

「これもお姉さまのおかげよ。ありがとう！」

覚醒し、しかも梨於奈のおかげで雪希乃は劇的にパワーアップした。

だからこそ可能となった力技。ようやく手にした『究極の一太刀』を大上段に構え、いよいよウルスラグナの間合いへと踏み込んでいく。

師より託された武具まで内包し、救世の神刀はかつてないほどに昂ぶっていた。

剣としての鋭さ、あらゆる敵を駆逐せんとする精気が最大限に高まって、今、雪希乃の刃として手中にある！

「いやああああああああああっ！」

「まったく！　雑にも程があるくせに、要諦はよくつかんでおる！」

飛びこみざまに、上段の太刀を雪希乃は振りおろす。

それをウルスラグナは『×』の型に交差させた双剣で受けとめる。英雄ラーマと剣神タケミカヅチの神性を断ち切るはずの二振りだ。

しかし、ふたつの神格が融合した果てに誕生した剣は——切り裂けなかった。

今回、打ち克ったのは救世の神刀だった。

ギラギラ輝く白金の刃は双剣を諸共に両断したのみならず、少年の姿をしたウルスラグナの肉体をも袈裟懸けに斬った。存分に。

手応えあり。だが雪希乃は油断せず、中段青眼に構え直す。

「みごとじゃ！　……が、なんという力まかせの一太刀よ！」

少年の体がさらさらと崩れていく。

まず足先から砂のように細かな粒となって崩壊し、胴体も形を失い、最後にはうすく微笑する顔と頭部が消え去っていった。

賛辞と皮肉が渾然となった言葉を口にしながら。

5

ウルスラグナの肉体が崩れ去ったあとに、ふたつの品が残されていた。

英雄ラーマの黒き鉄弓と矢筒である。すぐさま雪希乃は救世の神刀を左手にしまい、師の武具に飛びついた。

「やったわ！　ようやく取りもどせた！」

「ううううっ……よくもクシャーナギ・ゴードーさまを怨嗟の声を聞いた。

「――」

うれしさのあまり鉄弓に頬ずりしていたら、怨嗟の声を聞いた。

振りかえれば、雪希乃のそばにいつのまにか神殺し・アイーシャ夫人が来ていた。

今までは決闘場となった石造りのステージの下にいて、ずっとかぶりつきで戦いの行方を見守りつつもときどき、

「そこです！　もういっちょう！　さすがクシャーナギ・ゴードーさま！」

などと熱い声援を送っていたようなのだ。

余裕がなくて、雪希乃はきれいに聞きながしていた。しかし今、ついに新たな神殺しと対峙して、背筋を正す。

「いよいよあなたが……私と勝負するってわけね？」

「冗談じゃありませんっ。わたくし、これでも喧嘩とか決闘とは縁のない女です！　そういうことはおひとりでどうぞ！」

「へっ？」

力いっぱい夫人に拒否されて、雪希乃は啞然とした。

「そ、そんな人がどうして神様を殺したりしてるのよ!?」

『いやあ……この人、戦闘向きの権能をたしかに持ってないっぽいんですよ。なのに結構な数

の神様を倒してるみたいで……』

　あきれたような梨於奈の念が伝わってきた。

『今は変になってますけど、もとは善意と脅威と傍迷惑が擬人化されたような存在でした。舐めてはいけませんよ』

「わかったわ、お姉さま」

　とりあえず師の鉄弓を左手で持ったまま、雪希乃は神殺しと対峙した。

　アイーシャ夫人の両目はこちらへの敵意で据わっており、しかも、看過できないことを口走りはじめた。

「こうなったら……いまいちどクシャーナギ・ゴードーの降臨を祈りましょう！　軍神ウルスラグナさん、代役をもう一回お願いします！」

「ちょっとちょっと。今、私が倒したばかりなのよ」

　さすがの雪希乃もあきれて口を挟んだ。

「出前じゃないんだから無理があるでしょう！」

「ところがぎっちょん！　あの神様なら、それができるのです！」

『あ——まさか。十の化身ってやつのひとつがもしかすると……』

　不敵に叫ぶアイーシャ夫人と、何かに気づいたらしい梨於奈。

　雪希乃は「ん？」と首をかしげた——直後。ついさっき軍神ウルスラグナの肉体が消滅したあたりに、ある生き物が唐突に顕(あらわ)れた。

「ひ、羊の赤ちゃん……？　どうして急に？」

生後間もないであろう、子羊であった。

愛くるしい顔立ち。もこもこの毛皮。ただし、その羊毛は美しい黄金の毛並みであり、赤ん坊ながら神々(こうごう)しい威厳があった。

そして黄金の子羊はすくすくと大きくなり、大人のサイズになってしまった。

「せ、成長しちゃったわ!?」

『古代ペルシアの軍神ウルスラグナ、化身のひとつに『雄羊』があります。それはおそらく富や生命力の象徴で――』

梨於奈が切迫した様子で訴えてきた。

『となれば、死からの復活も神様なんだから十分ありえます！』

「そ、そうだったの？　お姉さま、ずいぶんくわしいのね!?」

『知り合いのカンピオーネがまさに《十の化身》の権能を使うんですよ！　何度か会ってるうちに自然と覚えちゃったんです――ほら！』

黄金の羊はついに変身し、一五歳ほどの美少年と化した。

それはまちがいなくクシャーナギ・ゴードーこと、軍神ウルスラグナ。たしかに雪希乃が切り倒したはずの神だった！

「こうも呼び出しがつづくとは、あわただしいのう」

ため息と共に軍神は言う。すこし迷惑そうでもあった。

そんな彼に、アイーシャ夫人は熱意たっぷりの懇願を伝え出した。

「それだけ大切なことなんですっ。この際だから、いっそのことわたくしといっしょに旅をして、運命の軛から世界を解きはなつ手伝いを――!」

「ふうむ」

熱気にあふれた夫人とちがい、軍神の方はいたってクールだった。

とりあえず話を聞いているという感じにも見える。どうなるかしらと雪希乃がハラハラしていたら、梨於奈の念がとどいた。

『雪希乃、雪希乃。あの神様がさっき戦ったのは、結局アイーシャさんの望みに応えただけってことなんですから……』

「あ――そういえばそうね、お姉さま」

旅の仲間が言わんとするところを察して、雪希乃はすぐに動いた。

左手の弓を使うまでもない。足下に置いた矢筒へ右手を向ける。出てきた矢を、手裏剣打ちの要領で『シュッ!』と投擲した。

矢羽根は鴇色――鴇羽根の矢であった。

この間、羅濠教主に用いたものと同じ《封印の矢》である。

矢はあやまたずアイーシャ夫人の背中に刺さった。ちょうどウルスラグナに熱弁を振るっていたので防御もできなかった。

「あら？　あらららあ――っ!?」

アイーシャ夫人が驚愕し、悲鳴をあげた。

彼女の体は光となりながら四散して、消滅してしまう。

今まで立っていた場所には五芒星が焼きついて、封印の証となっていた。そして一部始終を見とどけて、軍神はにやりと笑う。

「面倒事をひとつ片づけてくれたようじゃの。礼を言おう」

「どういたしまして、だけど……さっき私に斬られたこと、怒ってないの？」

あくまで自然体の軍神が不可解で、雪希乃は訊ねた。

仮にも、一度は己を斃した相手なのである。敵意や怒りがあってしかるべきでは――そう思ったのだが。

「是非もない。全てはいくさ場でのこと」

あっさりと、かつ高らかに、ウルスラグナは語った。

「そして戦いはすでに終わった。我は健在であり、十分に楽しみもした。何をそなたに怒る必要があろう！」

「…………はあ」

まちがいなく命がけの決闘だった。

だがレクリエーションのように語られて、さすがの雪希乃も毒気を抜かれて、きょとんとあいづちを打ってしまった。

しかし、これこそが闘争を本領とする軍神の心意気なのかもしれない。

自分はまだまだ未熟——。もっともっと勇者として、剣神の申し子として、貪欲(どんよく)に成長していかなくては。

その想いを新たにする雪希乃であった。

終章

― epilogue ―

「せっかく招かれたのじゃ。暫(しば)し英雄界とやらをさすらってみようぞ」

と、軍神ウルスラグナは飄然(ひょうぜん)と去っていった。

いつかの雷神トールのようなことを言って、灰色の旅装束(たびしょうぞく)をまとう少年の姿で。

雪希乃(ゆきの)としては、またしても反運命の火種になりそうにも感じて、制止したいところではあった。しかし彼とちがい、死からの復活などできない。

「連戦ってことになったら、こっちがかなり不利だものね……」

さすがに雪希乃も激闘を終えて、心身共にくたびれきっていた。

泣く泣く見送ったあと、心を切りかえた。

「それでお姉さま。六波羅(ろくはら)くんはどんなふうに危険だったの？　先ほどは大慌(おおあわ)てで飛んでいかれたけど？」

「ん？　ああ、いろいろあってブラック王子さまと揉(も)めまして――」

梨於奈(りおな)が明かした凶報に、雪希乃はあせった。

「あのイヤミな美形と!? それで六波羅くんは? 無事なのかしら!?」

「ま、なんとか。わたしがいろいろ術を尽くして、カンピオーネの王子さまも『封印』できましたしね。雪希乃の真似をしました」

「封印! さすがお姉さまだわ!」

やはり自分と鳥羽梨於奈は、運命の出会いを果たしたパートナー同士。

あらためて確信する雪希乃であった。己以外にこんな真似のできる神裔、ほかにふたりといるはずがないと。

感動のまなざしをお姉さまに向けていたら、誰かがやってきた。

「やあやあ。やったねえ、お嬢ちゃんたち! お姉さん大感激だよおっ!」

「恵那さん! 見ていてくれたのね!」

天叢雲剣の持ち主である女性の登場に、雪希乃は顔をほころばせた。

歳下ふたりの肩をまとめて抱いて祝福したあと、恵那は気さくに笑い、にこやかに怖いことを言い出した。

「いやあ。実はうちらも、そろそろアイーシャさんを野放しにしておくとまずそうだから封印しないとなー、なあんて相談してたんだよね。今回のことはほんと、こっちも大助かりだったよ。そういう意味でもよくやった――なんてね♪」

「そ、そうだったの」

「ところで梨於奈は、さっきどうして抜けてったの？　え、アレク王子を!?」

雪希乃も聞いた報せを受けて、恵那も驚いた。

かくして、女三人でその『封印現場』を確認することになった。

古代遺跡を離れて、しばらく歩いていくと、砂漠の地面に大きな穴が穿たれていた。

「こ、これ何なのかしら？」

「ブラック王子さまの創った巨大迷宮がここらの地下にあるんです。脱出する際に抜け穴を開けたんですよ」

「あー……あの人、まあたそういうのやってたんだ」

不思議がった雪希乃に梨於奈が答え、恵那はうんうんうなずいている。

そこも通過して、もうすこし行くと六波羅蓮がいた。

「お、来たね。こっちこっち！」

元気な姿で手を振っている。

彼の笑顔を見て、雪希乃はほっとした。が、そんな自分にすこし違和感があった。あんなお調子者なんて、べつに好きでも何でもないのにと。

そして、今の考えをあわてて否定する。

（――いいえ！　ちょっと気に入らないところがあるといっても、旅の仲間ですもの。心配するのは人として当然のことだわ！　べつにおかしくないしっ）

「どうしたんですか、急に頭をぶんぶん振って？」

「何でもないの、お姉さまっ？　ちょっと首のストレッチをしたくなって！」

いぶかしげな梨於奈に、強引な言い訳をする。

雪希乃は青年のいる方を見やった。

六波羅蓮の立つあたり、そこの地面に鳥の紋章が刻印されていた。

ただし、その鳥は三本の足を持っていて——霊鳥・八咫烏（やたがらす）のしるしだった。日本神話の火の鳥は三本足なのだ。

雪希乃の矢が焼きつけた五芒星（ごぼうせい）と同じ、封印の証（あかし）にちがいなかった。

「ここにあのイヤミ男が封じられたのね……」

「うん。それで、そっちのお姉さんは？」

めざとく恵那に気づいて、いきなり蓮は愛想よくあいさつした。

「僕は六波羅蓮。仲よくしてくれるとうれしいな」

「へえ、君が！　うちのエリカさんから、うわさはかねがね聞いてるよお。なるほど、たしかにいい顔してるなあ」

「あ。ってことは、あのお姉さんの仲間なんだ！」

初対面同士なのに、いきなり盛りあがっている。

騒ぐ蓮と恵那を前にして、雪希乃は奇妙に思ってしまった。

（六波羅くんのうわさって——どういうこと？　そりゃ地球出身者だし、いろいろ目立つ人だとは思うけど……）

清秋院恵那ほどの使い手にまで、うわさがとどくほどの人物ではないだろう。

むしろ、お姉さまの方がよほどそれにふさわしい。モヤモヤしていたら、当の鳥羽梨於奈がいきなり眉をひそめた。

「この感じ——みなさん、そこから離れてください！」

そこ。梨於奈は八咫烏のしるしを指さしていた。

あわてて全員がそうした途端だった。鳥の刻印がうすれていき、そのあたりの地面がやにわに『ぼんっ！』と爆発した。

地面に四角い口が開き、そこから出てくる者がいた。

ドレスをまとった絶世の美女である。しかし背中には白い鳥の双翼を生やし、下半身は蛇のそれであった。

この女魔神はある青年を抱えながら、悠々と飛んでいた。

「まったくひどい目に遭ったぞ……」

愚痴る青年こそは、黒王子アレクサンドル・ガスコインその人。

彼を地面に降ろすと、翼ある女魔神はさっと飛び去り、もう帰ってはこなかった。

「……先に言っておくと、オレを術で封じ込んだ手際はまあみごとだった」

アレクはいきなり語り出した。

乱れたコートやスーツのしわを直しながら、わざとらしいほど平然と。

「ただ、オレには恥ずかしがり屋が玉に瑕だが、魔術の神でもあるという部下がいてな。封印されながらもそいつを呼び出しておいたら——こんな具合だ」

「封印の内側から、結界破りをさせたわけですか」

梨於奈がため息をついた。

「術をいくつも重ねがけして、すこし時間がかかりすぎたのはよくなかったですね。対応する余裕をあたえてしまったようです」

「とはいえ、君はよくやったと言っておこう」

微妙に『どや感』のある澄まし顔でアレクは言った。

「転職活動をするときはオレの面接も受けるといい。歓迎するぞ」

「さすがアレクだ。一筋縄じゃいかないねえ！」

心の底からとおぼしき賛嘆を、六波羅蓮は口にした。

隣にいた清秋院恵那も感に堪えないという面持ちで黒王子を見つめている。

「王子さま、あいかわらずのノリだなあ。なんか昔みたいでなつかしいや！」

「ああ、草薙のところの君か。ひさしぶりだな」

「おたがい、変なところで会っちゃったねえ」

神速のカンピオーネ相手でも、恵那の気さくさは変わらない。

梨於奈はさばさばと失敗を認め、蓮はいつものチャラさでさっそくアレクのそばに行き、にこにこ話しかけようとして――

ひとり魔王復活に戦慄していた雪希乃は、声をはりあげた。

「ちょっとちょっと！　どうしてなしくずしの和やかムードになってるの⁉」

「いやあ。そろそろ手打ちでもいいかなあって」

「わたしたち全員、今回はさんざん働きましたしね……」

蓮と梨於奈が口々に言う。アレクも同意する。

「まあ、たしかに。このあたりが潮時だとはオレも思う」

「冗談じゃないわ！　私、先生の弓矢を盗られたこと、忘れてないわよ！」

雪希乃は師ラーマの鉄弓を呼び出した。

剣神の魂も覚醒していく。わかる。目の前にいるスーツ姿の貴公子は神殺し。常に神々の敵となる者。不倶戴天の賊である。

さらに、身中の霊力までもが爆発的に高まりだした。

これは《盟約の大法》だ。今、物部雪希乃の前にはふたりもの神殺しがおり、それに対抗するため力が増した――。

（えっ、ふたり？　ひとりはアレクなんたら氏、もうひとりは誰……⁉）

今までずっと棚上げしてきた問題に、ようやく雪希乃は気づいた。

羅濠教主と対決したときも、アイーシャ夫人と出会ったときも、そこに三名もの神殺しがいると感じはした。

しかし目の前にはひとりしかいなかったので、深くは考えなかった。

その辺のどこかにひそんでいるのだろう、くらいに流して。

だが考えてみれば、ここは辺鄙な一の島であり、しかも無人の砂漠である。一体どこにひそめるというのか——。

急に湧きあがってきた疑問に、雪希乃は混乱してしまった。

そんな勇者を一瞥し、アレクはさっさと歩き出した。無防備な背中をさらして、悠然と立ち去っていく。

「本当に戦う気なら追ってこい。オレも然るべき対応をする」

「あ…………」

雪希乃は追いかけられなかった。

むしろ、今にわかに抱いた疑問の方が重大なように感じてしまったのである。

尚——

誰も気づいていなかったが、騒ぐ勇者と神殺したちを遠くから注視する者もこの砂漠にはいたのである。

漆黒の装束と黒いマントをまとい、黒馬にまたがる。

全身黒ずくめの美男子であり、彼の異名も《黒王子》であった。

名はエドワード・プランタジネット。

いにしえの英国王太子と同姓同名にして、壮絶なまでの武勲を誇る。

エドワードの手には『遠眼鏡』なる道具があった。地球出身者の考案で作られた。遠方の景色を拡大し、つぶさに観察できる代物だった。

その遠眼鏡を目に当てて、立ち去るアレクと残った勇者一行を見守っている。

「さて、ぼくらはいかなる軍略を以て、彼らに臨むべきなのか……」

それは強大な軍備を誇る『円卓の都』、その実質的な総司令官としてのつぶやきに他ならなかった。

あとがき

みなさま、おひさしぶりです。

ため息のこぼれるようなニュースばかりの西暦二〇二一年も、気づけば三分の二以上が過ぎ去っております。

こんな時節ながら、どうにかシリーズ三巻目の刊行とあいなりました。

ロード・オブ・レルムズ印の『カンピオーネ！』、今回はいよいよ、あのキャラの新しい権能のお披露目回――なのですが。

場ちがい＆なつかしい御仁も出てきてしまいましたねえ……。

今回はなかなかに異色の対戦が連続する形となりました。

どちらもちょっと変わり種の神殺しさまである連中とニューヒロイン、そして名前を（このあとがきでは）言ってはいけないあのキャラが入り乱れてのファイナル＆セミファイナル、書いている当方も、

「ははあ。こういう対戦カードになりましたか……」

と、しみじみ感じ入った次第です。

当シリーズも長丁場になった分、以前は想像もしなかったような展開がいろいろ起こってきますねえ……（苦笑）。

一方で旧主人公陣営の動きも明らかになって参りました。

あの男にも、そろそろ本気で暴れてもらう頃合いとなってきております。

昨今のあれやこれやを乗りこえて、みなさまにお届けできるように日々、精進して参りたいと思う次第です。


ではでは、また次の機会にお目通りがかなえば幸いです。

この作品の感想をお寄せください。

あて先　〒101-8050　東京都千代田区一ツ橋2-5-10
集英社　ダッシュエックス文庫編集部　気付
丈月 城先生　BUNBUN先生

ダッシュエックス文庫

カンピオーネ!　ロード・オブ・レルムズ3

丈月 城

2021年9月29日　第1刷発行

★定価はカバーに表示してあります

発行者　北畠輝幸
発行所　株式会社　集英社
〒101−8050　東京都千代田区一ツ橋2−5−10
03(3230)6229(編集)
03(3230)6393(販売／書店専用) 03(3230)6080(読者係)
印刷所　凸版印刷株式会社

ISBN978-4-08-631437-4 C0193